中国近代文献保护工程

中国近代文学文献丛刊·散文卷
总目索引

主　编　越生文化
执行主编　陈平原

中原出版传媒集团
中原传媒股份公司
河南人民出版社

图书在版编目（CIP）数据

中国近代文学文献丛刊．散文卷总目索引 / 越生文化主编．-- 郑州：河南人民出版社，2019.1
ISBN 978-7-215-11855-3

Ⅰ．①中… Ⅱ．①越… Ⅲ．①散文－书目索引－中国－近代 Ⅳ．① I215.01

中国版本图书馆CIP数据核字（2019）第017400号

河南人民出版社出版发行

（地址：郑州市金水东路39号 邮政编码：450016 电话：0371-65788036）
新华书店经销 浙江越生联合出版印刷有限公司印刷
开本 787毫米×1092毫米 1/16 印张 8.75
字数 85千字
2019年1月第1版 2019年1月第1次印刷

定价：160.00元

丛书编委会

主　任　陈平原
副主任　陈子善
委　员（按姓氏笔画为序）
　　　　　孙　郁　关爱和　陈思和　张　伟　李　今　李冬木
　　　　　胡晓明　高远东　夏晓虹　解志熙

总　序

◎　陈平原

　　一个时代学术、思想及文化的进步，取决于创新与守成之间的巨大张力。若以旧时航海为例，前者如高扬的风帆，后者则是沉潜的压舱石。外行只见新旧之间的对峙与碰撞，内行方才明了二者的相辅相成。没有传统根基的创新，不是前途无量、可持续发展的"新"；没有未来导向的守成，也不是蕴藏无限生机、蓄势待发的"旧"。理想的状态，应该是求新求变的异说纷纭，与求稳求真的泰山不移构成合力，且相得益彰。

　　不管守成还是创新，都必须对传统保有某种温情与敬意。这里所说的传统，既是精神境界，也是物质形态——那些记载或蕴涵着史事人物、道德文章、嘉言懿行、人情物理的典籍，是一个民族最值得宝贵的文化遗产。这就难怪，学界、民间及政府均对此高度重视。从1958年国务院在京召开古籍整理出版规划小组成立大会起，这六大任务——整理和出版中国古代名著基本读物、出版重要古籍的集解、整理和出版总集或丛书、出版古籍的今译本、重印/影印古籍、整理和出版有关古籍的工具书——便始终在积极推进中，也取得了耀眼的业绩。再加上近年各种数据库的建立与完善，今人若想读古书（不谈能力及趣味），逐渐变得唾手可得了。

　　相对来说，近代文献的搜集与整理，可就没有这么幸运了。我曾多次提及："中国人说'传统'，往往指的是遥远的过去，比如辛亥革命以前的中国文化，尤其是孔子为代表的儒家；其实，晚清以降的中国文化、思想、学术，早就构成了一个新的传统。可以这么说,以孔夫子为代表的中国文化,是一个伟大的传统;以蔡元培、陈独秀、李大钊、胡适、鲁迅为代表的'五四'新文化,也是一个伟大的传统。某种意义上,对于后一个传统的接纳、反思、批评、拓展,更是当务之急,因其更为切近当下中国人的日常生活,与之血肉相连,更有可能影响其安身立命。"(陈平原《作为一种思想操练的五四》第11—12页,北京大学出版社,2018年)对于后一个传统的"接纳、反思、批评、拓展",必须伴随着近代文献的搜集与整理。可惜目前这方面的工作,尚未上升到国家战略的层面。

考虑到大部分晚清及民国图书的纸张十分脆弱,经不起再三翻阅,很多图书馆已不再出借了。这个时候,采取必要的保护手段,让更多作品能长期保存且传承下去,变得刻不容缓。一代人有一代人的趣味,今人的选择不一定准确,不妨把眼光放远、门槛降低,借助新的技术手段,让更多图书入围,尽可能扩大保护圈。表面上看,这只是出版行为,可背后隐含着学术立场,那就是取"守先待后"的姿态,对历史负责。

史料乃学术之本,没有相对完善的资料积累,学界很难展开深入研究。在此意义上,存一代文献,乃学者及出版社的共同责任。晚清以降出版的众多书籍,近二十年虽也有不少整理与重印,但像"中国近代文学文献丛刊"这样网罗八方,规模宏大的计划,尚属首见。若能顺利完成,则嘉惠学界,功德无量。

编委会同人对此计划十分赞许,愿意投入其间,与越生文化、河南人民出版社通力合作,用十年左右时间,分批分辑,以最大限度保存历史信息的形式,推出大约万种晚清至新中国成立前的文学图书。这里所说的"文学文献",含诗歌、散文、小说、戏剧、文学研究、外国文学译作等六大类。具体操作中,如何面对跨文体写作、文学研究的边界与范围,以及同一作品选择何种(或多种)译本等,这些都考验编者的眼光和趣味,需要在实践中不断摸索与调整。

大型丛书的编纂,对于出版人的勇气、见识与耐力,是个严峻的考验。此外,如何采用新技术,给图书馆及阅读者提供尽可能多的方便,也需要认真斟酢。考虑到丛书篇幅巨大，加上不是一次性推出，即便有索引卷，也会查阅不便。托数字化的福，读者扫描每类各编最后一卷的二维码，可获得本编百册图书目录（可检索）。随着工程的进展，我们会在网上提供已刊图书全部目录，供使用者下载。

  不同于书斋里的个人著述，如此规模的文化工程，需要出版人、图书馆、学术界以及广大读者通力合作，再加上政府及民间的支持，方才有可能顺利完成。"开篇"固然不易，"凯旋"实际上更难。中国人喜欢说"有志者事竟成"，希望这是真的。

2018 年 9 月 9 日于京西圆明园花园

目 录

总序 I

总目 1

索引 13

 书名索引（按首字音序排列） 15

 书名索引（按首字笔画排列） 29

 著者索引（按首字音序排列） 37

 著者索引（按首字笔画排列） 51

附录 61

总目

总目

第1卷
三叶集
　　田寿昌　宗白华　郭沫若　著
吴虞文录
　　吴　虞　著

第2卷
广州纪游
　　高语罕　编

第3卷
蔷薇之路
　　田　汉　著
剑鞘
　　叶绍钧　俞平伯　著

第4卷
枯叶集
　　华　林　著
景山之东
　　一　楚　含　川　著

第5卷
南洋旅行漫记
　　梁绍文　著

第6卷
赤都心史
　　瞿秋白　著
月夜
　　川　岛　著

大西洋之滨
　　孙福熙　著

第7卷
孟和文存
　　陶孟和　著

第8卷
雨天的书
　　周作人　著

第9卷
空山灵雨
　　落华生　著
华盖集
　　鲁　迅　著

第10卷
倦旅
　　陈学昭　著
生命之华
　　丁惠康　编

第11卷
山野掇拾
　　孙福熙　著
伏园游记（第一集）
　　孙伏园　著

第12卷
侘傺

王世颖 著
落叶
　　　徐志摩 著

第13卷

西行日记
　　　陈万里 著
山中杂记
　　　郑振铎 著

第14卷

归航
　　　孙福熙 著
诗兴的友谊
　　　子波 湘灵 合著

第15卷

烟霞伴侣
　　　陈学昭 著
断片的回忆
　　　吴曙天 著

第16卷

旅蜀日记
　　　罗文汉 著
巴黎的鳞爪
　　　徐志摩 著

第17卷

野草
　　　鲁迅 著

骂人的艺术
　　　秋郎 著
苦趣
　　　A.A.Sofio. 著

第18卷

谈龙集
　　　周作人 著

第19卷

荔枝小品
　　　钟敬文 著
泽泻集
　　　周作人 著

第20卷

北伐从军杂记
　　　金声 著
纪念碑
　　　宋若瑜 蒋光慈 著

第21卷

寸草心
　　　陈学昭 著
白叶杂记
　　　叶灵凤 著

第22卷

北京乎
　　　孙福熙 著
焚烬

何秋绮 著

第 23 卷
日记九种
　　郁达夫 著
献心
　　黄天石 著

第 24 卷
自剖文集
　　徐志摩 著
绿天
　　绿漪女士 著

第 25 卷
魔鬼的舞蹈
　　于赓虞 著
杂拌儿
　　俞平伯 著

第 26 卷
十六年之杂碎
　　傅彦长 著
而已集
　　鲁　迅 著

第 27 卷
做父亲去
　　洪为法 著
时代在暴风雨里
　　毛一波 著

第 28 卷
西滢闲话
　　西　滢 著

第 29 卷
庐山游记
　　胡　适 著
背影
　　朱自清 著
拉矢吃饭及其他
　　厉厂樵 著

第 30 卷
鬼的谈话
　　金满成 著

第 31 卷
少女与妇人
　　沈松泉 著
化外的文学
　　王夫凡 著

第 32 卷
东西南北
　　王夫凡 著
压榨出来的声音
　　高　歌 著

第 33 卷
残烬集
　　金溟若 著

流离
　　寒　星 著

第 34 卷
麦穗集
　　钱杏邨 著
水泡
　　一　蝶 著

第 35 卷
如梦
　　陈学昭 著
艺术之夜
　　远　生 著

第 36 卷
中国史的新页
　　唐　钺 著

第 37 卷
给青年的十二封信
　　朱光潜 著
古庙集
　　章衣萍 著

第 38 卷
春之花
　　徐蔚南 著
异国情调
　　张若谷 著
昨宵
　　枯　萍 著

第 39 卷
古玩
　　陈大慈 著
南居印象记
　　沈美镇 著
新都巡礼
　　张若谷 著

第 40 卷
永日集
　　周作人 著

第 41 卷
西湖漫拾
　　钟敬文 著
风凉话
　　章克标 著

第 42 卷
枕上随笔
　　章衣萍 著
湖山味
　　张慧剑 著
昨夜之歌
　　马国亮 著

第 43 卷
忆巴黎
　　野　渠 著

窗下随笔
　　章衣萍　著

第 44 卷
有刺的蔷薇
　　卢剑波　著
雪茵情书
　　曹雪松　吴克茵　著

第 45 卷
蜀游心影
　　舒新城　著

第 46 卷
划时代的转变
　　郭沫若　著
箬船
　　周全平　著

第 47 卷
他乡
　　焦菊隐　著
春醪集
　　梁遇春　著

第 48 卷
闽南游记
　　陈万里　著
休息
　　王实味　著
素笺
　　陆晶清　著

第 49 卷
红桥集
　　曹雪松　著
姊姊的残骸
　　汤增扬　著

第 50 卷
小品文甲选
　　陈　思　编

第 51 卷
梅瓣杂记
　　郭兰馨　著
异邦与故国
　　蒋光慈　著

第 52 卷
湖上散记
　　钟敬文　著
流浪杂记
　　林　影　著
秋之草纸
　　杜格灵　著

第 53 卷
蹉跎
　　再　生　著
恋人书简
　　王　坟　罗　洪　合著

第 54 卷
海上闲话
　　安　世　著
缘缘堂随笔
　　丰子恺　著
未完集
　　梁得所　著

第 55 卷
云鸥情书集
　　黄庐隐　李唯建　著
给女人们
　　马国亮　著

第 56 卷
中学生游记
　　杨文安　编
南归
　　冰　心　著
菩提珠
　　柳无忌　柳无非　柳无垢　著

第 57 卷
小朋友随笔
　　陈醉云　著
南洋风土见闻录
　　王志成　著

第 58 卷
曲阜泰山游记
　　倪锡英　著

看月楼书信
　　吴曙天　章衣萍　合著

第 59 卷
倚枕日记
　　章衣萍　著
莫斯科印象记
　　胡愈之　著

第 60 卷
三湖游记
　　曾仲鸣　孙伏园　孙福熙　合著
巴黎游记
　　徐霞村　著

第 61 卷
茶话集
　　谢六逸　著
秋
　　徐志摩　著

第 62 卷
小言论（第一集）
　　韬奋　著
生活之味精
　　马国亮　著

第 63 卷
从文学到恋爱
　　王　坟　罗　洪　合著
回家

许寿民 编

第 64 卷
幸运之连索
　　汤增扬　黄奂若 合著
秋梦
　　毛一波 著

第 65 卷
青春散记
　　邹枋 著
麓山集
　　冰莹 著

第 66 卷
黄海环游记
　　黄炎培 著
文人趣事
　　杨昌溪 编
衣萍书信
　　章衣萍 著

第 67 卷
海燕
　　郑振铎 著
破晓
　　李楚材 著　陶知行 主编

第 68 卷
记胡也频
　　沈从文 著

生命的颤动
　　庄晴光 著
沪战中的日狱
　　李浴日 著

第 69 卷
逍遥阁随笔集
　　天庐 著
周作人散文钞
　　周作人 著　章锡琛 编注

第 70 卷
海外工读十年纪实
　　盛成 著

第 71 卷
从岳阳到萍乡
　　唐锡如 著
看云集
　　周作人 著

第 72 卷
二心集
　　鲁迅 著

第 73 卷
淞沪血战回忆录
　　翁照垣 著　罗吟圃 记
游踪
　　生活周刊社 编

第 74 卷
西行记
　　顾执中 著
海行
　　巴　金 著

第 75 卷
战时日记
　　王礼锡 著

第 76 卷
模范日记文选
　　戴叔清 编
求索
　　华　林 著

第 77 卷
上海事变与报告文学
　　南强编辑部 编
从军日记
　　冰　莹 著

第 78 卷
归心
　　解　人 著
小鸟集
　　曾今可 著

第 79 卷
小妹
　　赵景深 著

流浪集
　　陆晶清 著
败絮集
　　陈学昭 著

第 80 卷
小言论（第二集）
　　韬　奋 著

第 81 卷
我的父亲
　　顾一樵 著
战争・饮食・男女
　　张若谷 著

第 82 卷
模范书信文选
　　戴叔清 编

第 83 卷
烟和酒
　　梁得所 著
周作人书信
　　周作人 著

第 84 卷
北国之春
　　王统照 著
寄小读者
　　冰　心 著

第85卷
 今可随笔
  曾今可 著
 饭后谈话
  予 且 著
 辣椒与橄榄
  本 社 编

第86卷
 四年
  郭子雄等 著
 女作家书信选
  张立英 编

第87卷
 水面落花
  徐蔚南 著
 女作家散文选
  张立英 编

第88卷
 日记文学丛选(语体卷)
  阮无名 编

第89卷
 峨眉游记
  张志和 著
 四十自述
  胡 适 著

第90卷
 锦绣河山
  生活书店编译所 编

第91卷
 猎影记
  梁得所 著
 衔微日记
  蔡文星 著

第92卷
 再给女人们
  马国亮 著
 子恺小品集
  丰子恺 著

第93卷
 独行集
  陈光垚 著
 韬奋漫笔
  韬 奋 著

第94卷
 放言集
  陈光垚 著
 胭脂
  侍 桁 著

第95卷
 小言论(第三集)
  韬 奋 著

西京之现况
　　陈光垚 著

第 96 卷
　女作家随笔选
　　张立英 编
　女作家日记选
　　张立英 编

第 97 卷
　寄健康人
　　缪崇群 著
　归国印象
　　章徵言 编

第 98 卷
　摩登过节
　　老太婆 著
　名家游记
　　新绿文学社 编

第 99 卷
　灵凤小品集
　　叶灵凤 著

第 100 卷
　鲁迅杂感选集
　　鲁　迅 著　何凝 选

索引

书名索引
(按首字音序排列)

B

bā

巴
  巴黎的鳞爪　　　　16-183
  巴黎游记　　　　　60-227

bái

白
  白叶杂记　　　　　21-209

bài

败
  败絮集　　　　　　79-261

běi

北
  北伐从军杂记　　　20-001
  北京乎　　　　　　22-001
  北国之春　　　　　84-001

bèi

背
  背影　　　　　　　29-081

C

cán

残
  残烬集　　　　　　33-001

chá

茶
  茶话集　　　　　　61-001

chì

赤
赤都心史 　　　　　　6-001

chuāng

窗
窗下随笔 　　　　　　43-213

chūn

春
春之花 　　　　　　　38-001
春醪集 　　　　　　　47-071

cóng

从
从文学到恋爱 　　　　63-001
从岳阳到萍乡 　　　　71-001
从军日记 　　　　　　77-157

cùn

寸
寸草心 　　　　　　　21-001

cuō

蹉
蹉跎 　　　　　　　　53-001

D

dà

大
大西洋之滨 　　　　　6-269

dōng

东
东西南北 　　　　　　32-001

dú

独
独行集 　　　　　　　93-001

duàn

断
断片的回忆 　　　　　15-291

E

é
峨
　峨眉游记　　　　　　　89-001

ér
而
　而已集　　　　　　　　26-121

èr
二
　二心集　　　　　　　　72-001

F

fàn
饭
　饭后谈话　　　　　　　85-107

fàng
放
　放言集　　　　　　　　94-001

fén
焚
　焚烬　　　　　　　　　22-275

fēng
风
　风凉话　　　　　　　　41-163

fú
伏
　伏园游记（第一集）　　11-283

G

gěi
给
　给青年的十二封信　　　37-001
　给女人们　　　　　　　55-175

gǔ
古
　古庙集　　　　　　　　37-133
　古玩　　　　　　　　　39-001

guǎng

广
广州纪游 2-001

guī

归
归航 14-001
归心 78-001
归国印象 97-213

guǐ

鬼
鬼的谈话 30-001

H

hǎi

海
海上闲话 54-001
海燕 67-001
海外工读十年纪实 70-001
海行 74-237

hóng

红
红桥集 49-001

hú

湖
湖山味 42-095
湖上散记 52-001

hù

沪
沪战中的日狱 68-261

huá

华
华盖集 9-131

huà

化
化外的文学 31-195

划
划时代的转变 46-001

huáng

黄
黄海环游记 66-001

huí

回
回家 63-187

J

jì

纪
纪念碑 20-105

记
记胡也频 68-001

寄
寄小读者 84-151
寄健康人 97-001

jiàn

剑
剑鞘 3-113

jīn

今
今可随笔 85-001

jǐn

锦
锦绣河山 90-001

jǐng

景
景山之东 4-097

juàn

倦
倦旅 10-001

K

kàn

看
看月楼书信 58-249
看云集 71-067

kōng

空
空山灵雨 9-001

kǒng

倥
倥偬 12-001

kū

枯
枯叶集 　　　　　　　　4-001

kǔ

苦
苦趣　　　　　　　　　17-255

L

lā

拉
拉矢吃饭及其他　　　　29-233

là

辣
辣椒与橄榄　　　　　　85-243

lì

荔
荔枝小品　　　　　　　19-001

liàn

恋
恋人书简　　　　　　　53-171

liè

猎
猎影记　　　　　　　　91-001

líng

灵
灵凤小品集　　　　　　99-001

liú

流
流离　　　　　　　　　33-131
流浪杂记　　　　　　　52-149
流浪集　　　　　　　　79-133

lú

庐
庐山游记　　　　　　　29-001

lǔ

鲁
鲁迅杂感选集　　　　　100-001

lù

麓
麓山集　　　　　　65-133

luò

落
落叶　　　　　　　12-155

lǚ

旅
旅蜀日记　　　　　16-001

lǜ

绿
绿天　　　　　　　24-219

M

mà

骂
骂人的艺术　　　　17-109

mài

麦
麦穗集　　　　　　34-001

méi

梅
梅瓣杂记　　　　　51-001

mèng

孟
孟和文存　　　　　7-001

mǐn

闽
闽南游记　　　　　48-001

míng

名
名家游记　　　　　98-095

mó

魔
魔鬼的舞蹈　　　　25-001

模
模范日记文选　　　76-001
模范书信文选　　　82-001

摩
摩登过节　　　　　98-001

mò

莫

莫斯科印象记　　　　59-125

N

nán

南

南洋旅行漫记　　　　5-001
南居印象记　　　　　39-123
南归　　　　　　　　56-155
南洋风土见闻录　　　57-095

nǚ

女

女作家书信选　　　　86-125
女作家散文选　　　　87-109
女作家随笔选　　　　96-001
女作家日记选　　　　96-209

P

pò

破

破晓　　　　　　　　67-209

pú

菩

菩提珠　　　　　　　56-235

Q

qiáng

蔷

蔷薇之路　　　　　　3-001

qīng

青

青春散记　　　　　　65-001

qiū

秋

秋之草纸　　　　　　52-211

秋	61-239		
秋梦	64-269		

qiú

求
　求索　　　　　　　76-309

qǔ

曲
　曲阜泰山游记　　　58-001

R

rì

日
　日记九种　　　　　23-001
　日记文学丛选(语体卷)　88-001

rú

如
　如梦　　　　　　　35-001

ruò

箬
　箬船　　　　　　　46-231

S

sān

三
　三叶集　　　　　　1-001
　三湖游记　　　　　60-001

shān

山
　山野掇拾　　　　　11-001
　山中杂记　　　　　13-251

shàng

上
　上海事变与报告文学　77-001

shào

少
　少女与妇人　　　　31-001

shēng

生
　生命之华　　　　　10-131
　生活之味精　　　　62-291

shī

诗
诗兴的友谊　　　　14-155

shí

十
十六年之杂碎　　　26-001

时
时代在暴风雨里　　27-093

shǔ

蜀
蜀游心影　　　　　45-001

shuǐ

水
水泡　　　　　　　34-153
水面落花　　　　　87-001

sì

四
四年　　　　　　　86-001
四十自述　　　　　89-153

生命的颤动　　　　68-105

sōng

淞
淞沪血战回忆录　　73-001

sù

素
素笺　　　　　　　48-227

T

tā

他
他乡　　　　　　　47-001

tán

谈
谈龙集　　　　　　18-001

tāo

韬
韬奋漫笔　　　　　93-187

W

wèi

未
  未完集　　　　　54-215

wén

文
  文人趣事　　　　66-101

wǒ

我
  我的父亲　　　　81-001

wú

吴
  吴虞文录　　　　1-177

X

xī

西
  西行日记　　　　13-001
  西滢闲话　　　　28-001
  西湖漫拾　　　　41-001
  西行记　　　　　74-001
  西京之现况　　　95-153

xián

衔
  衔微日记　　　　91-193

xiàn

献
  献心　　　　　　23-277

xiāo

逍
  逍遥阁随笔集　　69-001

xiǎo

小
  小品文甲选　　　50-001
  小朋友随笔　　　57-001
  小言论(第一集)　62-001
  小鸟集　　　　　78-159
  小妹　　　　　　79-001
  小言论(第二集)　80-001
  小言论(第三集)　95-001

xīn

新
新都巡礼　39-215

xìng

幸
幸运之连索　64-001

xiū

休
休息　48-133

xuě

雪
雪茵情书　44-175

Y

yā

压
压榨出来的声音　32-179

yān

烟
烟霞伴侣　15-001
烟和酒　83-001

胭
胭脂　94-193

yě

野
野草　17-001

yī

衣
衣萍书信　66-167

yǐ

倚
倚枕日记　59-001

yì

艺
艺术之夜　35-123

异
异国情调　38-133
异邦与故国　51-189

忆
忆巴黎　43-001

yǒng

永
　永日集　　　　　　　40-001

yóu

游
　游踪　　　　　　　　73-163

yǒu

有
　有刺的蔷薇　　　　　44-001

yǔ

雨
　雨天的书　　　　　　8-001

yuán

缘
　缘缘堂随笔　　　　　54-111

yuè

月
　月夜　　　　　　　　6-171

yún

云
　云鸥情书集　　　　　55-001

Z

zá

杂
　杂拌儿　　　　　　　25-109

zài

再
　再给女人们　　　　　92-001

zé

泽
　泽泻集　　　　　　　19-147

zhàn

战
　战时日记　　　　　　75-001
　战争·饮食·男女　　81-091

zhěn

枕
枕上随笔 42-001

zhōng

中
中国史的新页 36-001
中学生游记 56-001

zhōu

周
周作人散文钞 69-173
周作人书信 83-067

zǐ

姊
姊姊的残骸 49-167

子
子恺小品集 92-199

zì

自
自剖文集 24-001

zuó

zuò

昨
昨宵 38-291
昨夜之歌 42-203

做
做父亲去 27-001

书名索引

（按首字笔画排列）

二画

二
  二心集　　　　　　　　72-001

十
  十六年之杂碎　　　　　26-001

三画

寸
  寸草心　　　　　　　　21-001

大
  大西洋之滨　　　　　　6-269

广
  广州纪游　　　　　　　2-001

女
  女作家书信选　　　　　86-125
  女作家散文选　　　　　87-109
  女作家随笔选　　　　　96-001
  女作家日记选　　　　　96-209

三
  三叶集　　　　　　　　1-001
  三湖游记　　　　　　　60-001

山
  山野掇拾　　　　　　　11-001
  山中杂记　　　　　　　13-251

上
  上海事变与报告文学　　77-001

小
  小品文甲选　　　　　　50-001
  小朋友随笔　　　　　　57-001
  小言论（第一集）　　　62-001
  小鸟集　　　　　　　　78-159
  小妹　　　　　　　　　79-001
  小言论（第二集）　　　80-001
  小言论（第三集）　　　95-001

子
  子恺小品集　　　　　　92-199

四画

巴
巴黎的鳞爪　　　　　　16-183
巴黎游记　　　　　　　60-227

从
从文学到恋爱　　　　　63-001
从岳阳到萍乡　　　　　71-001
从军日记　　　　　　　77-157

风
风凉话　　　　　　　　41-163

化
化外的文学　　　　　　31-195

今
今可随笔　　　　　　　85-001

日
日记九种　　　　　　　23-001
日记文学丛选（语体卷）　88-001

少
少女与妇人　　　　　　31-001

水
水泡　　　　　　　　　34-153
水面落花　　　　　　　87-001

文
文人趣事　　　　　　　66-101

艺
艺术之夜　　　　　　　35-123

忆
忆巴黎　　　　　　　　43-001

月
月夜　　　　　　　　　6-171

云
云鸥情书集　　　　　　55-001

中
中国史的新页　　　　　36-001
中学生游记　　　　　　56-001

五画

白
白叶杂记　　　　　　　21-209

北
北伐从军杂记　　　　　20-001
北京乎　　　　　　　　22-001
北国之春　　　　　　　84-001

东
东西南北　　　　　　　32-001

古
古庙集　　　　　　　　37-133
古玩　　　　　　　　　39-001

归
归航　　　　　　　　　14-001
归心　　　　　　　　　78-001
归国印象　　　　　　　97-213

记
记胡也频　　　　　　　68-001

生
生命之华　　　　　　　10-131
生活之味精　　　　　　62-291

生命的颤动　　　　　　68-105
四
　　四年　　　　　　　　　86-001
　　四十自述　　　　　　　89-153
他
　　他乡　　　　　　　　　47-001
未
　　未完集　　　　　　　　54-215
永
　　永日集　　　　　　　　40-001

六画

而
　　而已集　　　　　　　　26-121
伏
　　伏园游记（第一集）　　11-283
红
　　红桥集　　　　　　　　49-001
华
　　华盖集　　　　　　　　9-131
划
　　划时代的转变　　　　　46-001
回
　　回家　　　　　　　　　63-187
纪
　　纪念碑　　　　　　　　20-105
名
　　名家游记　　　　　　　98-095

曲
　　曲阜泰山游记　　　　　58-001
如
　　如梦　　　　　　　　　35-001
西
　　西行日记　　　　　　　13-001
　　西滢闲话　　　　　　　28-001
　　西湖漫拾　　　　　　　41-001
　　西行记　　　　　　　　74-001
　　西京之现况　　　　　　95-153
休
　　休息　　　　　　　　　48-133
压
　　压榨出来的声音　　　　32-179
衣
　　衣萍书信　　　　　　　66-167
异
　　异国情调　　　　　　　38-133
　　异邦与故国　　　　　　51-189
有
　　有刺的蔷薇　　　　　　44-001
杂
　　杂拌儿　　　　　　　　25-109
再
　　再给女人们　　　　　　92-001
自
　　自剖文集　　　　　　　24-001

七画

赤
 赤都心史   6-001

饭
 饭后谈话   85-107

沪
 沪战中的日狱   68-261

灵
 灵凤小品集   99-001

庐
 庐山游记   29-001

麦
 麦穗集   34-001

求
 求索   76-309

时
 时代在暴风雨里   27-093

我
 我的父亲   81-001

吴
 吴虞文录   1-177

姊
 姊姊的残骸   49-167

八画

败
 败絮集   79-261

放
 放言集   94-001

空
 空山灵雨   9-001

苦
 苦趣   17-255

拉
 拉矢吃饭及其他   29-233

孟
 孟和文存   7-001

青
 青春散记   65-001

诗
 诗兴的友谊   14-155

幸
 幸运之连索   64-001

雨
 雨天的书   8-001

泽
 泽泻集   19-147

枕
 枕上随笔   42-001

周
 周作人散文钞   69-173
 周作人书信   83-067

九画

背
背影　　　　　　　　29-081

残
残烬集　　　　　　　33-001

茶
茶话集　　　　　　　61-001

春
春之花　　　　　　　38-001
春醪集　　　　　　　47-071

独
独行集　　　　　　　93-001

给
给青年的十二封信　　37-001
给女人们　　　　　　55-175

鬼
鬼的谈话　　　　　　30-001

剑
剑鞘　　　　　　　　3-113

看
看月楼书信　　　　　58-249
看云集　　　　　　　71-067

枯
枯叶集　　　　　　　4-001

荔
荔枝小品　　　　　　19-001

骂
骂人的艺术　　　　　17-109

闽
闽南游记　　　　　　48-001

南
南洋旅行漫记　　　　5-001
南居印象记　　　　　39-123
南归　　　　　　　　56-155
南洋风土见闻录　　　57-095

秋
秋之草纸　　　　　　52-211
秋　　　　　　　　　61-239
秋梦　　　　　　　　64-269

战
战时日记　　　　　　75-001
战争・饮食・男女　　81-091

昨
昨宵　　　　　　　　38-291
昨夜之歌　　　　　　42-203

十画

峨
峨眉游记　　　　　　89-001

海
海上闲话　　　　　　54-001
海燕　　　　　　　　67-001
海外工读十年纪实　　70-001
海行　　　　　　　　74-237

倦
倦旅　　　　　　　　10-001

十画

倥
倥偬 12-001

恋
恋人书简 53-171

流
流离 33-131
流浪杂记 52-149
流浪集 79-133

旅
旅蜀日记 16-001

莫
莫斯科印象记 59-125

破
破晓 67-209

素
素笺 48-227

谈
谈龙集 18-001

逍
逍遥阁随笔集 69-001

烟
烟霞伴侣 15-001
烟和酒 83-001

胭
胭脂 94-193

倚
倚枕日记 59-001

十一画

断
断片的回忆 15-291

黄
黄海环游记 66-001

寄
寄小读者 84-151
寄健康人 97-001

猎
猎影记 91-001

绿
绿天 24-219

梅
梅瓣杂记 51-001

菩
菩提珠 56-235

淞
淞沪血战回忆录 73-001

衔
衔微日记 91-193

雪
雪茵情书 44-175

野
野草 17-001

做
做父亲去 27-001

十二画

窗
　　窗下随笔　　　　　　43-213

焚
　　焚烬　　　　　　　　22-275

湖
　　湖山味　　　　　　　42-095
　　湖上散记　　　　　　52-001

景
　　景山之东　　　　　　4-097

鲁
　　鲁迅杂感选集　　　　100-001

落
　　落叶　　　　　　　　12-155

游
　　游踪　　　　　　　　73-163

缘
　　缘缘堂随笔　　　　　54-111

十三画

锦
　　锦绣河山　　　　　　90-001

蜀
　　蜀游心影　　　　　　45-001

献
　　献心　　　　　　　　23-277

新
　　新都巡礼　　　　　　39-215

十四画

辣
　　辣椒与橄榄　　　　　85-243

模
　　模范日记文选　　　　76-001
　　模范书信文选　　　　82-001

蔷
　　蔷薇之路　　　　　　3-001

篛
　　篛船　　　　　　　　46-231

韬
　　韬奋漫笔　　　　　　93-187

十五画

摩
　　摩登过节　　　　　　98-001

十六画

蹉
　　蹉跎　　　　　　　　53-001

十九画

麓

麓山集　　　　　　　65-133

二十画

魔

魔鬼的舞蹈　　　　　25-001

著者索引

（按首字音序排列）

A

ān

安

安 世
　海上闲话 著　　　54-001

B

bā

巴

巴 金
　海行 著　　　74-237

běn

本

本 社
　辣椒与橄榄 编　　　85-243

bīng

冰

冰 心
　南归 著　　　56-155
　寄小读者 著　　　84-151

冰 莹
　麓山集 著　　　65-133
　从军日记 著　　　77-157

C

cài

蔡

蔡文星
　衔微日记 著　　　91-193

cáo

曹
  曹雪松
    雪茵情书 著　　　　44-175
    红桥集 著　　　　　49-001

chén

陈
  陈大慈
    古玩 著　　　　　　39-001
  陈光垚
    独行集 著　　　　　93-001
    放言集 著　　　　　94-001
    西京之现况 著　　　95-153
  陈思
    小品文甲选 编　　　50-001
  陈万里
    西行日记 著　　　　13-001
    闽南游记 著　　　　48-001
  陈学昭
    倦旅 著　　　　　　10-001
    烟霞伴侣 著　　　　15-001
    寸草心 著　　　　　21-001
    如梦 著　　　　　　35-001
    败絮集 著　　　　　79-261
  陈醉云
    小朋友随笔 著　　　57-001

chuān

川
  川岛
    月夜 著　　　　　　6-171

D

dài

戴
  戴叔清
    模范日记文选 编　　76-001
    模范书信文选 编　　82-001

dīng

丁
  丁惠康
    生命之华 编　　　　10-131

dù

杜
  杜格灵
    秋之草纸 著　　　　52-211

F

fēng

丰

  丰子恺

    缘缘堂随笔 著　　54-111

    子恺小品集 著　　92-199

fù

傅

  傅彦长

    十六年之杂碎 著　　26-001

G

gāo

高

  高 歌

    压榨出来的声音 著　　32-179

  高语罕

    广州纪游 编　　2-001

gù

顾

  顾一樵

    我的父亲 著　　81-001

  顾执中

    西行记 著　　74-001

guō

郭

  郭兰馨

    梅瓣杂记 著　　51-001

  郭沫若

    三叶集 著　　1-001

    划时代的转变 著　　46-001

  郭子雄

    四年 著　　86-001

H

hán

含

  含 川

    景山之东 著　　4-097

寒

  寒 星

    流离 著　　33-131

hé

何
何 凝
　鲁迅杂感选集 选　100-001
何秋绮
　焚烬 著　22-275

hóng

洪
洪为法
　做父亲去 著　27-001

hú

胡
胡 适
　庐山游记 著　29-001
　四十自述 著　89-153
胡愈之
　莫斯科印象记 著　59-125

huà

华
华 林
　枯叶集 著　4-001
　求索 著　76-309

huáng

黄
黄奂若
　幸运之连索 著　64-001
黄庐隐
　云鸥情书集 著　55-001
黄天石
　献心 著　23-277
黄炎培
　黄海环游记 著　66-001

J

jiǎng

蒋
蒋光慈
　纪念碑 著　20-105
　异邦与故国 著　51-189

jiāo

焦
焦菊隐
　他乡 著　47-001

jīn

金
金满成

鬼的谈话 著　　　30-001
金溟若
　　　残烬集 著　　　33-001
金　声
　　　北伐从军杂记 著　20-001

K

kū

枯

枯　萍
　　　昨宵 著　　　38-291

L

lǎo

老

老太婆
　　　摩登过节 著　　　98-001

lǐ

李

李楚材
　　　破晓 著　　　67-209
李唯建
　　　云鸥情书集 著　　55-001

李浴日
　　　沪战中的日狱 著　68-261

lì

厉

厉厂樵
　　　拉矢吃饭及其他 著　29-233

liáng

梁

梁得所
　　　未完集 著　　　54-215
　　　烟和酒 著　　　83-001
　　　猎影记 著　　　91-001
梁绍文
　　　南洋旅行漫记 著　5-001
梁遇春
　　　春醪集 著　　　47-071

lín

林

林　影
　　　流浪杂记 著　　52-149

liǔ

柳

柳无非
　　　菩提珠 著　　　56-235

柳无垢
　　菩提珠　著　　　　56-235
柳无忌
　　菩提珠　著　　　　56-235

lú

卢
　卢剑波
　　有刺的蔷薇　著　　44-001

lǔ

鲁
　鲁迅
　　华盖集　著　　　　9-131
　　野草　著　　　　　17-001
　　而已集　著　　　　26-121
　　二心集　著　　　　72-001
　　鲁迅杂感选集　著　100-001

lù

陆
　陆晶清
　　素笺　著　　　　　48-227
　　流浪集　著　　　　79-133

luó

罗
　罗洪
　　恋人书简　著　　　53-171
　　从文学到恋爱　著　63-001
　罗文汉
　　旅蜀日记　著　　　16-001
　罗吟圃
　　淞沪血战回忆录　记　73-001

luò

落
　落华生
　　空山灵雨　著　　　9-001

lǜ

绿
　绿漪女士
　　绿天　著　　　　　24-219

M

mǎ

马

 马国亮

  昨夜之歌 著   42-203

  给女人们 著   55-175

  生活之味精 著   62-291

  再给女人们 著   92-001

máo

毛

 毛一波

  时代在暴风雨里 著   27-093

  秋梦 著   64-269

miào

缪

 缪崇群

  寄健康人 著   97-001

N

nán

南

 南强编辑部

  上海事变与报告文学 编

         77-001

ní

倪

 倪锡英

  曲阜泰山游记 著   58-001

Q

qián

钱

 钱杏邨

  麦穗集 著   34-001

qiū

秋

 秋　郎

  骂人的艺术 著   17-109

qú

瞿
瞿秋白
　赤都心史 著　　　　　6-001

R

ruǎn

阮
阮无名
　日记文学丛选（语体卷）编
　　　　　　　　　　88-001

S

shěn

沈
沈从文
　记胡也频 著　　　　68-001
沈美镇
　南居印象记 著　　　39-123
沈松泉
　少女与妇人 著　　　31-001

shēng

生
生活书店编译所
　锦绣河山 编　　　　90-001
生活周刊社
　游踪 编　　　　　　73-163

shèng

盛
盛成
　海外工读十年纪实 著　70-001

shì

侍
侍桁
　胭脂 著　　　　　　94-193

shū

舒
舒新城
　蜀游心影 著　　　　45-001

sòng

宋
宋若瑜
　纪念碑 著　　　　　20-105

sūn

孙
  孙福熙
    大西洋之滨 著　　6-269
    山野掇拾 著　　11-001
    归航 著　　14-001
    北京乎 著　　22-001
    三湖游记 著　　60-001
  孙伏园
    伏园游记（第一集）著
    　　　　　　　　11-283
    三湖游记 著　　60-001

T

tāng

汤
  汤增扬
    姊姊的残骸 著　　49-167
    幸运之连索 著　　64-001

táng

唐
  唐锡如
    从岳阳到萍乡 著　　71-001
  唐钺
    中国史的新页 著　　36-001

tāo

韬
  韬奋
    小言论（第一集）著　　62-001
    小言论（第二集）著　　80-001
    韬奋漫笔 著　　93-187
    小言论（第三集）著　　95-001

táo

陶
  陶孟和
    孟和文存 著　　7-001
  陶知行
    破晓 主编　　67-209

tiān

天
  天庐
    逍遥阁随笔集 著　　69-001

tián

田
  田汉
    蔷薇之路 著　　3-001
  田寿昌
    三叶集 著　　1-001

W

wáng

王

 王 坟
  恋人书简 著　　53-171
  从文学到恋爱 著　　63-001
 王夫凡
  化外的文学 著　　31-195
  东西南北 著　　32-001
 王礼锡
  战时日记 著　　75-001
 王实味
  休息 著　　48-133
 王世颖
  佺偬 著　　12-001
 王统照
  北国之春 著　　84-001
 王志成
  南洋风土见闻录 著　　57-095

wēng

翁

 翁照垣
  淞沪血战回忆录 著　　73-001

wú

吴

 吴克茵
  雪茵情书 著　　44-175
 吴曙天
  断片的回忆 著　　15-291
  看月楼书信 著　　58-249
 吴 虞
  吴虞文录 著　　1-177

X

xī

西

 西 滢
  西滢闲话 著　　28-001

xiāng

湘

 湘 灵
  诗兴的友谊 著　　14-155

xiè

谢

 谢六逸
  茶话集 著　　61-001

解

解 人
　　归心 著　　　　　78-001

xīn

新

新绿文学社
　　名家游记 编　　98-095

xú

徐

徐蔚南
　　春之花 著　　　38-001
　　水面落花 著　　87-001
徐霞村
　　巴黎游记 著　　60-227
徐志摩
　　落叶 著　　　　12-155
　　巴黎的鳞爪 著　16-183
　　自剖文集 著　　24-001
　　秋 著　　　　　61-239

xǔ

许

许寿民
　　回家 编　　　　63-187

Y

yáng

杨

杨昌溪
　　文人趣事 编　　66-101
杨文安
　　中学生游记 编　56-001

yě

野

野 渠
　　忆巴黎 著　　　43-001

yè

叶

叶灵凤
　　白叶杂记 著　　21-209
　　灵凤小品集 著　99-001
叶绍钧
　　剑鞘 著　　　　3-113

yī

一
　一 楚

景山之东 著　　4-097
一　蝶
　　水泡 著　　34-153

yú

于
　于赓虞
　　魔鬼的舞蹈 著　　25-001
俞
　俞平伯
　　剑鞘 著　　3-113
　　杂拌儿 著　　25-109

yǔ

予
　予　且
　　饭后谈话 著　　85-107

yù

郁
　郁达夫
　　日记九种 著　　23-001

yuǎn

远
　远　生
　　艺术之夜 著　　35-123

Z

zài

再
　再　生
　　蹉跎 著　　53-001

zēng

曾
　曾今可
　　小鸟集 著　　78-159
　　今可随笔 著　　85-001
　曾仲鸣
　　三湖游记 著　　60-001

zhāng

张
　张慧剑
　　湖山味 著　　42-095
　张立英
　　女作家书信选 编　　86-125
　　女作家散文选 编　　87-109
　　女作家随笔选 编　　96-001
　　女作家日记选 编　　96-209
　张若谷
　　异国情调 著　　38-133

新都巡礼 著　　　　39-215
　　　战争·饮食·男女 著 81-091
张志和
　　　峨眉游记 著　　　　89-001
章
　章克标
　　　风凉话 著　　　　　41-163
　章锡琛
　　　周作人散文钞 编注　69-173
　章衣萍
　　　古庙集 著　　　　　37-133
　　　枕上随笔 著　　　　42-001
　　　窗下随笔 著　　　　43-213
　　　看月楼书信 著　　　58-249
　　　倚枕日记 著　　　　59-001
　　　衣萍书信 著　　　　66-167
　章徵言
　　　归国印象 编　　　　97-213

zhào

赵
　赵景深
　　　小妹 著　　　　　　79-001

zhèng

郑
　郑振铎
　　　山中杂记 著　　　　13-251
　　　海燕 著　　　　　　67-001

zhōng

钟
　钟敬文
　　　荔枝小品 著　　　　19-001
　　　西湖漫拾 著　　　　41-001
　　　湖上散记 著　　　　52-001

zhōu

周
　周祺安（A.A.Sofio.）
　　　苦趣 著　　　　　　17-255
　周全平
　　　箬船 著　　　　　　46-231
　周作人
　　　雨天的书 著　　　　8-001
　　　谈龙集 著　　　　　18-001
　　　泽泻集 著　　　　　19-147
　　　永日集 著　　　　　40-001
　　　周作人散文钞 著　　69-173
　　　看云集 著　　　　　71-067
　　　周作人书信 著　　　83-067

zhū

朱
　朱光潜
　　　给青年的十二封信 著 37-001
　朱自清
　　　背影 著　　　　　　29-081

zhuāng

庄

 庄晴光

  生命的颤动 著 68-105

zǐ

子

 子 波

  诗兴的友谊 著 14-155

zōng

宗

 宗白华

  三叶集 著 1-001

zōu

邹

 邹 枋

  青春散记 著 65-001

著者索引

(按首字笔画排列)

一画

一
  一 楚
    景山之东 著   4-097
  一 蝶
    水泡 著   34-153

二画

丁
  丁惠康
    生命之华 编   10-131

三画

川
  川 岛
    月夜 著   6-171
马
  马国亮
    昨夜之歌 著   42-203
    给女人们 著   55-175
    生活之味精 著   62-291
    再给女人们 著   92-001
于
  于赓虞
    魔鬼的舞蹈 著   25-001
子
  子 波
    诗兴的友谊 著   14-155

四画

巴
巴 金
　　海行 著　　　　　　　74-237

丰
丰子恺
　　缘缘堂随笔 著　　　　54-111
　　子恺小品集 著　　　　92-199

毛
毛一波
　　时代在暴风雨里 著　　27-093
　　秋梦 著　　　　　　　64-269

天
天 庐
　　逍遥阁随笔集 著　　　69-001

王
王 坟
　　恋人书简 著　　　　　53-171
　　从文学到恋爱 著　　　63-001
王夫凡
　　化外的文学 著　　　　31-195
　　东西南北 著　　　　　32-001
王礼锡
　　战时日记 著　　　　　75-001
王实味
　　休息 著　　　　　　　48-133
王世颖
　　侘傺 著　　　　　　　12-001

王统照
　　北国之春 著　　　　　84-001
王志成
　　南洋风土见闻录 著　　57-095

予
予 且
　　饭后谈话 著　　　　　85-107

五画

本
本 社
　　辣椒与橄榄 编　　　　85-243

厉
厉厂樵
　　拉矢吃饭及其他 著　　29-233

卢
卢剑波
　　有刺的蔷薇 著　　　　44-001

生
生活书店编译所
　　锦绣河山 编　　　　　90-001
生活周刊社
　　游踪 编　　　　　　　73-163

田
田 汉
　　蔷薇之路 著　　　　　3-001
田寿昌
　　三叶集 著　　　　　　1-001

叶

叶灵凤
 白叶杂记 著   21-209
 灵凤小品集 著   99-001

叶绍钧
 剑鞘 著   3-113

六画

安

安世
 海上闲话 著   54-001

冰

冰 心
 南归 著   56-155
 寄小读者 著   84-151

冰 莹
 麓山集 著   65-133
 从军日记 著   77-157

华

华 林
 枯叶集 著   4-001
 求索 著   76-309

老

老太婆
 摩登过节 著   98-001

阮

阮无名
 日记文学丛选（语体卷）编
       88-001

孙

孙福熙
 大西洋之滨 著   6-269
 山野掇拾 著   11-001
 归航 著   14-001
 北京乎 著   22-001
 三湖游记 著   60-001

孙伏园
 伏园游记（第一集）著
       11-283
 三湖游记 著   60-001

汤

汤增扬
 姊姊的残骸 著   49-167
 幸运之连索 著   64-001

西

西 滢
 西滢闲话 著   28-001

许

许寿民
 回家 编   63-187

再

再 生
 蹉跎 著   53-001

朱

朱光潜
 给青年的十二封信 著   37-001

朱自清
 背影 著   29-081

庄

庄晴光

生命的颤动 著　　　68-105

七画

陈
　陈大慈
　　古玩 著　　　39-001
　陈光垚
　　独行集 著　　　93-001
　　放言集 著　　　94-001
　　西京之现况 著　　　95-153
　陈　思
　　小品文甲选 编　　　50-001
　陈万里
　　西行日记 著　　　13-001
　　闽南游记 著　　　48-001
　陈学昭
　　倦旅 著　　　10-001
　　烟霞伴侣 著　　　15-001
　　寸草心 著　　　21-001
　　如梦 著　　　35-001
　　败絮集 著　　　79-261
　陈醉云
　　小朋友随笔 著　　　57-001

杜
　杜格灵
　　秋之草纸 著　　　52-211

含
　含　川
　　景山之东 著　　　4-097

何
　何　凝
　　鲁迅杂感选集 选　　　100-001
　何秋绮
　　焚烬 著　　　22-275

李
　李楚材
　　破晓 著　　　67-209
　李唯建
　　云鸥情书集 著　　　55-001
　李浴日
　　沪战中的日狱 著　　　68-261

陆
　陆晶清
　　素笺 著　　　48-227
　　流浪集 著　　　79-133

沈
　沈从文
　　记胡也频 著　　　68-001
　沈美镇
　　南居印象记 著　　　39-123
　沈松泉
　　少女与妇人 著　　　31-001

宋
　宋若瑜
　　纪念碑 著　　　20-105

吴
　吴克茵
　　雪茵情书 著　　　44-175
　吴曙天
　　断片的回忆 著　　　15-291

看月楼书信 著 58-249
吴 虞
　吴虞文录 著 1-177
杨
　杨昌溪
　　文人趣事 编 66-101
　杨文安
　　中学生游记 编 56-001
远
　远 生
　　艺术之夜 著 35-123
张
　张慧剑
　　湖山味 著 42-095
　张立英
　　女作家书信选 编 86-125
　　女作家散文选 编 87-109
　　女作家随笔选 编 96-001
　　女作家日记选 编 96-209
　张若谷
　　异国情调 著 38-133
　　新都巡礼 著 39-215
　　战争·饮食·男女 著 81-091
　张志和
　　峨眉游记 著 89-001
邹
　邹 枋
　　青春散记 著 65-001

八画

金
　金满成
　　鬼的谈话 著 30-001
　金溟若
　　残烬集 著 33-001
　金 声
　　北伐从军杂记 著 20-001
林
　林 影
　　流浪杂记 著 52-149
罗
　罗 洪
　　恋人书简 著 53-171
　　从文学到恋爱 著 63-001
　罗文汉
　　旅蜀日记 著 16-001
　罗吟圃
　　淞沪血战回忆录 记 73-001
侍
　侍 桁
　　胭脂 著 94-193
郁
　郁达夫
　　日记九种 著 23-001
郑
　郑振铎

山中杂记 著	13-251	
海燕 著	67-001	

周
周祺安（A.A.Sofio.）
  苦趣 著　　17-255
周全平
  箬船 著　　46-231
周作人
  雨天的书 著　　8-001
  谈龙集 著　　18-001
  泽泻集 著　　19-147
  永日集 著　　40-001
  周作人散文钞 著　　69-173
  看云集 著　　71-067
  周作人书信 著　　83-067

宗
宗白华
  三叶集 著　　1-001

九画

洪
洪为法
  做父亲去 著　　27-001

胡
胡适
  庐山游记 著　　29-001
  四十自述 著　　89-153
胡愈之
  莫斯科印象记 著　　59-125

枯
枯萍
  昨宵 著　　38-291

柳
柳无非
  菩提珠 著　　56-235
柳无垢
  菩提珠 著　　56-235
柳无忌
  菩提珠 著　　56-235

南
南强编辑部
  上海事变与报告文学 编
　　　　　　　　77-001

秋
秋郎
  骂人的艺术 著　　17-109

俞
俞平伯
  剑鞘 著　　3-113
  杂拌儿 著　　25-109

赵
赵景深
  小妹 著　　79-001

钟
钟敬文
  荔枝小品 著　　19-001
  西湖漫拾 著　　41-001
  湖上散记 著　　52-001

十画

高
 高 歌
  压榨出来的声音 著   32-179
 高语罕
  广州纪游 编   2-001

顾
 顾一樵
  我的父亲 著   81-001
 顾执中
  西行记 著   74-001

郭
 郭兰馨
  梅瓣杂记 著   51-001
 郭沫若
  三叶集 著   1-001
  划时代的转变 著   46-001
 郭子雄
  四年 著   86-001

倪
 倪锡英
  曲阜泰山游记 著   58-001

钱
 钱杏邨
  麦穗集 著   34-001

唐
 唐锡如
  从岳阳到萍乡 著   71-001

 唐 钺
  中国史的新页 著   36-001

陶
 陶孟和
  孟和文存 著   7-001
 陶知行
  破晓 主编   67-209

翁
 翁照垣
  淞沪血战回忆录 著   73-001

徐
 徐蔚南
  春之花 著   38-001
  水面落花 著   87-001
 徐霞村
  巴黎游记 著   60-227
 徐志摩
  落叶 著   12-155
  巴黎的鳞爪 著   16-183
  自剖文集 著   24-001
  秋 著   61-239

十一画

曹
 曹雪松
  雪茵情书 著   44-175
  红桥集 著   49-001

黄
 黄枭若

十一画

  幸运之连索　著　　64-001
黄庐隐
  云鸥情书集　著　　55-001
黄天石
  献心　著　　23-277
黄炎培
  黄海环游记　著　　66-001
梁
 梁得所
  未完集　著　　54-215
  烟和酒　著　　83-001
  猎影记　著　　91-001
 梁绍文
  南洋旅行漫记　著　　5-001
 梁遇春
  春醪集　著　　47-071
绿
 绿漪女士
  绿天　著　　24-219
盛
 盛成
  海外工读十年纪实　著　70-001
野
 野渠
  忆巴黎　著　　43-001
章
 章克标
  风凉话　著　　41-163
 章锡琛
  周作人散文钞　编注　69-173
 章衣萍
  古庙集　著　　37-133
  枕上随笔　著　　42-001
  窗下随笔　著　　43-213
  看月楼书信　著　　58-249
  倚枕日记　著　　59-001
  衣萍书信　著　　66-167
 章徽言
  归国印象　编　　97-213

十二画

傅
 傅彦长
  十六年之杂碎　著　　26-001
寒
 寒星
  流离　著　　33-131
蒋
 蒋光慈
  纪念碑　著　　20-105
  异邦与故国　著　　51-189
焦
 焦菊隐
  他乡　著　　47-001
鲁
 鲁迅
  华盖集　著　　9-131
  野草　著　　17-001
  而已集　著　　26-121
  二心集　著　　72-001

  鲁迅杂感选集 著 100-001

落
 落华生
  空山灵雨 著 9-001

舒
 舒新城
  蜀游心影 著 45-001

湘
 湘 灵
  诗兴的友谊 著 14-155

谢
 谢六逸
  茶话集 著 61-001

曾
 曾今可
  小鸟集 著 78-159
  今可随笔 著 85-001
 曾仲鸣
  三湖游记 著 60-001

十三画

解
 解 人
  归心 著 78-001

新
 新绿文学社
  名家游记 编 98-095

十四画

蔡
 蔡文星
  衔微日记 著 91-193

缪
 缪崇群
  寄健康人 著 97-001

韬
 韬 奋
  小言论(第一集) 著 62-001
  小言论(第二集) 著 80-001
  韬奋漫笔 著 93-187
  小言论(第三集) 著 95-001

十七画

戴
 戴叔清
  模范日记文选 编 76-001
  模范书信文选 编 82-001

十八画

瞿
 瞿秋白
  赤都心史 著 6-001

附录

第 1 卷

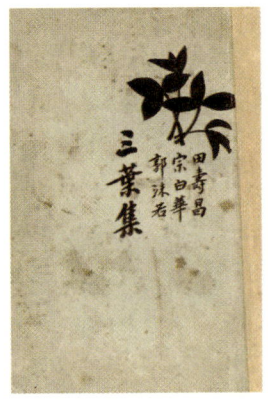

著　　作　《三叶集》
著　　者　田寿昌　宗白华
　　　　　郭沫若 著
出版时间　1920 年
尺　　寸　18cm×12cm

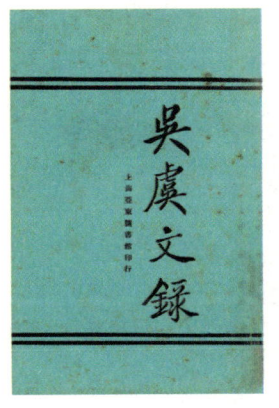

著　　作　《吴虞文录》
著　　者　吴　虞 著
出版时间　1921 年
尺　　寸　19cm×13cm

第 2 卷

著　　作　《广州纪游》
著　　者　高语罕 编
出版时间　1922 年
尺　　寸　18cm×13cm

第 3 卷

著　　作　《蔷薇之路》
著　　者　田　汉著
出版时间　1922 年
尺　　寸　16cm×12cm

著　　作　《剑鞘》
著　　者　叶绍钧　俞平伯著
出版时间　1924 年
尺　　寸　18cm×13cm

第 4 卷

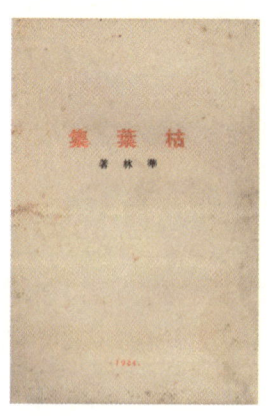

著　　作　《枯叶集》
著　　者　华　林著
出版时间　1924 年
尺　　寸　19cm×12cm

著　　作　《景山之东》
著　　者　一楚含川 著
出版时间　1924 年
尺　　寸　19cm×12cm

第 5 卷

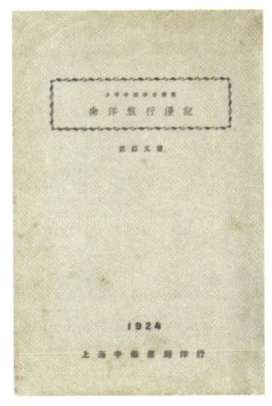

著　　作　《南洋旅行漫记》
著　　者　梁绍文 著
出版时间　1924 年
尺　　寸　22cm×15cm

第 6 卷

著　　作　《赤都心史》
著　　者　瞿秋白 著
出版时间　1924 年
尺　　寸　19cm×13cm

著　　作　《月夜》
著　　者　川　岛 著
出版时间　1924 年（初版）
　　　　　1926 年（再版）
尺　　寸　19cm×14cm

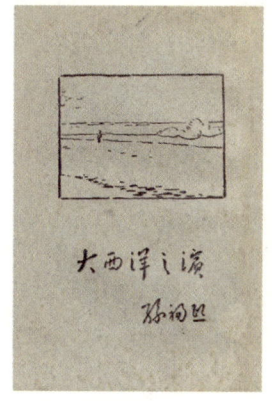

著　　作　《大西洋之滨》
著　　者　孙福熙 著
出版时间　1925 年
尺　　寸　16cm×11cm

第 7 卷

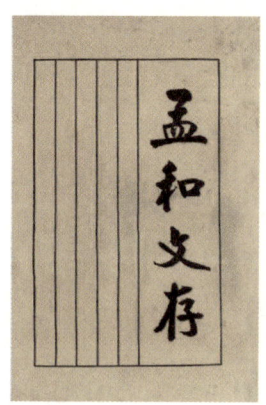

著　　作　《孟和文存》
著　　者　陶孟和 著
出版时间　1925 年（初版）
　　　　　1926 年（再版）
尺　　寸　18cm×12cm

第 8 卷

著　　作　《雨天的书》
著　　者　周作人 著
出版时间　1925 年
尺　　寸　19cm×13cm

第 9 卷

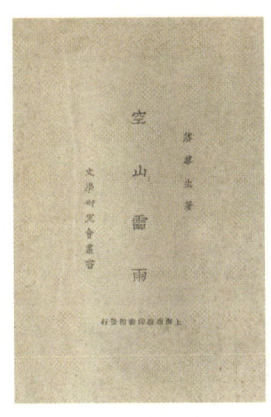

著　　作　《空山灵雨》
著　　者　落华生 著
出版时间　1925 年
尺　　寸　19cm×13cm

著　　作　《华盖集》
著　　者　鲁迅 著
出版时间　1926 年
尺　　寸　19cm×13cm

第 10 卷

著　　作　《倦旅》
著　　者　陈学昭 著
出版时间　1925 年
尺　　寸　18cm×13cm

著　　作　《生命之华》
著　　者　丁惠康 编
出版时间　1926 年
尺　　寸　19cm×13cm

第 11 卷

著　　作　《山野掇拾》
著　　者　孙福熙 著
出版时间　1925 年
尺　　寸　19cm×13cm

附 录 69

著　　作　《伏园游记》(第一集)
著　　者　孙伏园 著
出版时间　1927 年(初版)
　　　　　1927 年(二版)
尺　　寸　19cm×13cm

第 12 卷

著　　作　《倥偬》
著　　者　王世颖 著
出版时间　1926 年
尺　　寸　19cm×13cm

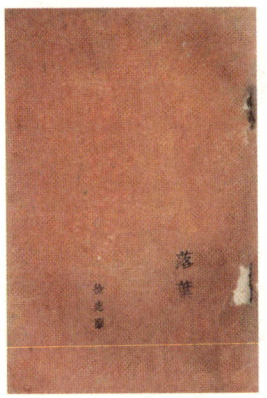

著　　作　《落叶》
著　　者　徐志摩 著
出版时间　1926 年
尺　　寸　19cm×13cm

第 13 卷

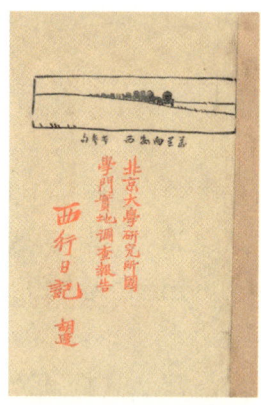

著　作　《西行日记》
著　者　陈万里 著
出版时间　1926 年
尺　寸　23cm×16cm

著　作　《山中杂记》
著　者　郑振铎 著
出版时间　1927 年(初版)
　　　　　1933 年(四版)
尺　寸　14cm×9cm

第 14 卷

著　作　《归航》
著　者　孙福熙 著
出版时间　1926 年
尺　寸　20cm×14cm

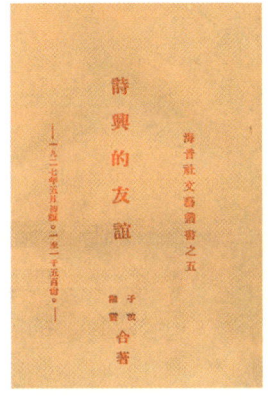

著　　作　《诗兴的友谊》
著　　者　子 波 湘 灵 合著
出版时间　1927 年
尺　　寸　18cm×11cm

第 15 卷

著　　作　《烟霞伴侣》
著　　者　陈学昭 著
出版时间　1927 年（二版）
尺　　寸　11cm×15cm

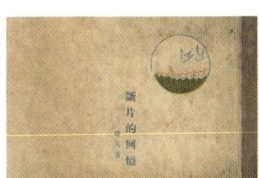

著　　作　《断片的回忆》
著　　者　吴曙天 著
出版时间　1927 年
尺　　寸　12cm×18cm

第 16 卷

著　　作　《旅蜀日记》
著　　者　罗文汉 著
出版时间　1927 年
尺　　寸　18cm×12cm

著　　作　《巴黎的鳞爪》
著　　者　徐志摩 著
出版时间　1927 年
尺　　寸　19cm×13cm

第 17 卷

著　　作　《野草》
著　　者　鲁　迅著
出版时间　1927 年(再版)
尺　　寸　19cm×13cm

附　录　73

著　　作　《骂人的艺术》
著　　者　秋　郎 著
出版时间　1927 年
尺　　寸　19cm×13cm

著　　作　《苦趣》
著　　者　A.A.Sofio. 著
出版时间　1927 年
尺　　寸　16cm×11cm

第 18 卷

著　　作　《谈龙集》
著　　者　周作人 著
出版时间　1927 年
尺　　寸　20cm×13cm

第 19 卷

著　　作　《荔枝小品》
著　　者　钟敬文 著
出版时间　1927 年
尺　　寸　20cm×14cm

著　　作　《泽泻集》
著　　者　周作人 著
出版时间　1927 年
尺　　寸　20cm×14cm

第 20 卷

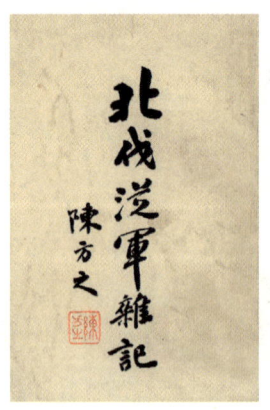

著　　作　《北伐从军杂记》
著　　者　金 声 著
出版时间　1927 年
尺　　寸　18cm×13cm

第 21 卷

著　　作　《纪念碑》
著　　者　宋若瑜　蒋光慈 著
出版时间　1927 年
尺　　寸　18cm×13cm

著　　作　《寸草心》
著　　者　陈学昭 著
出版时间　1927 年
尺　　寸　18cm×13cm

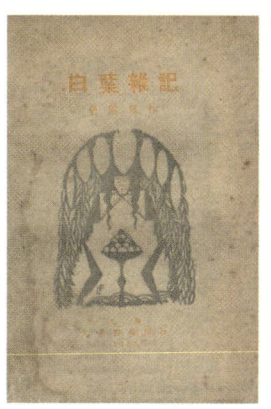

著　　作　《白叶杂记》
著　　者　叶灵凤 著
出版时间　1927 年
尺　　寸　18cm×13cm

第 22 卷

著　　作　《北京乎》
著　　者　孙福熙 著
出版时间　1927 年
尺　　寸　20cm×12cm

著　　作　《焚烬》
著　　者　何秋绮 著
出版时间　1928 年
尺　　寸　18cm×13cm

第 23 卷

著　　作　《日记九种》
著　　者　郁达夫 著
出版时间　1927 年
尺　　寸　19cm×13cm

第 24 卷

著　　作　《献心》
著　　者　黄天石 著
出版时间　1928 年
尺　　寸　19cm×13cm

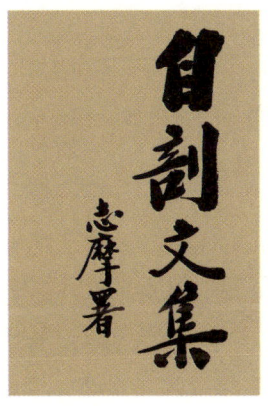

著　　作　《自剖文集》
著　　者　徐志摩 著
出版时间　1928 年
尺　　寸　15cm×10cm

著　　作　《绿天》
著　　者　绿漪女士 著
出版时间　1928 年
尺　　寸　20cm×14cm

第 25 卷

著　　作　《魔鬼的舞蹈》
著　　者　于赓虞 著
出版时间　1928 年
尺　　寸　16cm×13cm

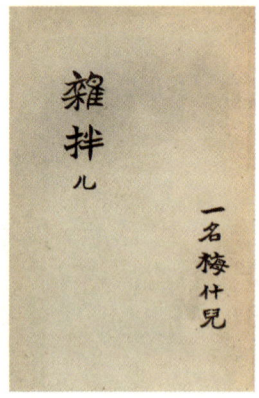

著　　作　《杂拌儿》
著　　者　俞平伯 著
出版时间　1928 年（初版）
　　　　　1930 年（三版）
尺　　寸　18cm×12cm

第 26 卷

著　　作　《十六年之杂碎》
著　　者　傅彦长 著
出版时间　1928 年
尺　　寸　19cm×13cm

附　录　79

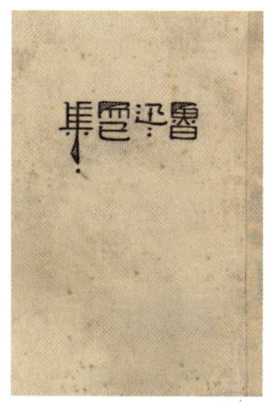

著　　作　《而已集》
著　　者　鲁　迅 著
出版时间　1928 年（初版）
　　　　　1929 年（再版）
　　　　　1929 年（三版）
尺　　寸　19cm×12cm

第 27 卷

著　　作　《做父亲去》
著　　者　洪为法 著
出版时间　1928 年
尺　　寸　17cm×12cm

著　　作　《时代在暴风雨里》
著　　者　毛一波 著
出版时间　1928 年
尺　　寸　16cm×12cm

第 28 卷

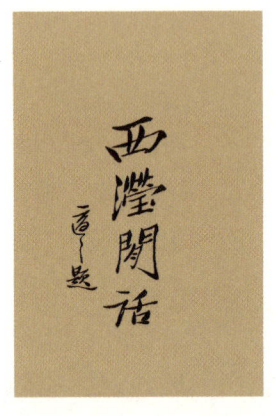

著　　作　《西滢闲话》
著　　者　西　滢著
出版时间　1928 年
尺　　寸　18cm×11cm

第 29 卷

著　　作　《庐山游记》
著　　者　胡　适著
出版时间　1928 年（初版）
　　　　　1929 年（订正再版）
尺　　寸　15cm×11cm

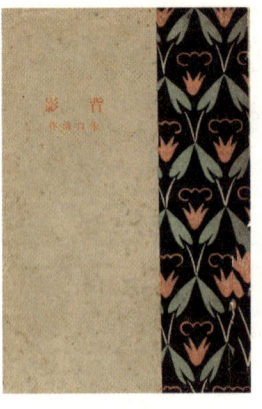

著　　作　《背影》
著　　者　朱自清 著
出版时间　1928 年
尺　　寸　18cm×13cm

著　　作　《拉矢吃饭及其他》
著　　者　厉厂樵 著
出版时间　1928 年
尺　　寸　16cm×12cm

第 30 卷

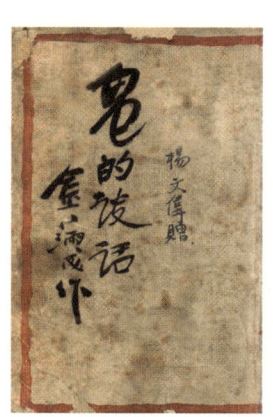

著　　作　《鬼的谈话》
著　　者　金满成 著
出版时间　1928 年
尺　　寸　18cm×11cm

第 31 卷

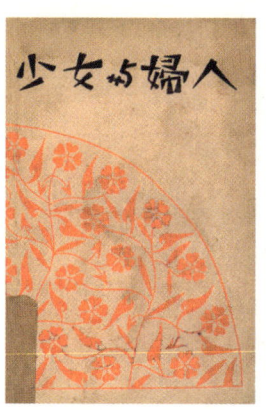

著　　作　《少女与妇人》
著　　者　沈松泉 著
出版时间　1928 年(初版)
　　　　　1928 年(再版)
尺　　寸　18cm×12cm

第 32 卷

著　　作　《化外的文学》
著　　者　王夫凡 著
出版时间　1928 年
尺　　寸　14cm×10cm

著　　作　《东西南北》
著　　者　王夫凡 著
出版时间　1928 年
尺　　寸　15cm×10cm

著　　作　《压榨出来的声音》
著　　者　高歌著
出版时间　1928 年
尺　　寸　19cm×14cm

第 33 卷

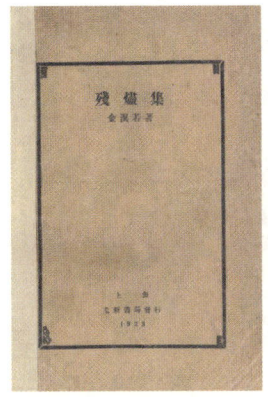

著　　作　《残烬集》
著　　者　金溟若 著
出版时间　1928 年
尺　　寸　20cm×14cm

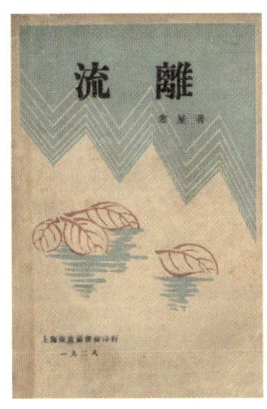

著　　作　《流离》
著　　者　寒　星 著
出版时间　1928 年
尺　　寸　19cm×13cm

第 34 卷

著　　作　《麦穗集》
著　　者　钱杏邨 著
出版时间　1928 年
尺　　寸　18cm×12cm

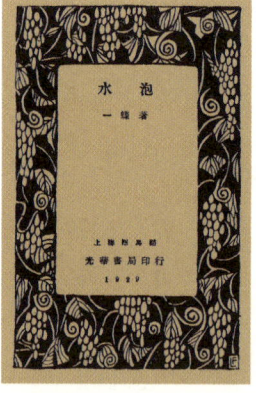

著　　作　《水泡》
著　　者　一　蝶著
出版时间　1929 年
尺　　寸　13cm×8cm

第 35 卷

著　　作　《如梦》
著　　者　陈学昭 著
出版时间　1929 年
尺　　寸　19cm×13cm

著　　作　《艺术之夜》
著　　者　远　生著
出版时间　1929 年
尺　　寸　17cm×12cm

第 36 卷

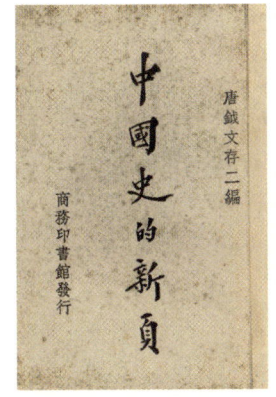

著　　作　《中国史的新页》
著　　者　唐钺 著
出版时间　1929 年
尺　　寸　18cm×13cm

第 37 卷

著　　作　《给青年的十二封信》
著　　者　朱光潜 著
出版时间　1929 年（初版）
　　　　　1929 年（再版）
　　　　　1929 年（三版）
尺　　寸　18cm×13cm

著　　作　《古庙集》
著　　者　章衣萍 著
出版时间　1929 年
尺　　寸　19cm×13cm

第 38 卷

著　　作　《春之花》
著　　者　徐蔚南 著
出版时间　1929 年
尺　　寸　17cm×12cm

著　　作　《异国情调》
著　　者　张若谷 著
出版时间　1929 年
尺　　寸　17cm×11cm

著　　作　《昨宵》
著　　者　枯萍 著
出版时间　1929 年
尺　　寸　19cm×13cm

第 39 卷

著　　作　《古玩》
著　　者　陈大慈 著
出版时间　1929 年
尺　　寸　19cm×13cm

著　　作　《南居印象记》
著　　者　沈美镇 著
出版时间　1929 年
尺　　寸　15cm×11cm

著　　作　《新都巡礼》
著　　者　张若谷 著
出版时间　1929 年
尺　　寸　18cm×13cm

第 40 卷

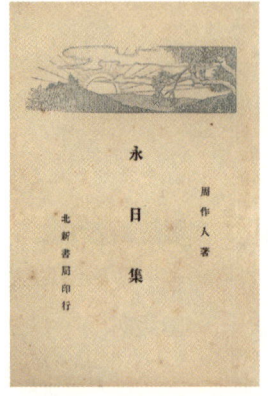

著　　作　《永日集》
著　　者　周作人 著
出版时间　1929 年
尺　　寸　19cm×13cm

第 41 卷

著　　作　《西湖漫拾》
著　　者　钟敬文 著
出版时间　1929 年
尺　　寸　19cm×13cm

著　　作　《风凉话》
著　　者　章克标 著
出版时间　1929 年
尺　　寸　19cm×13cm

第 42 卷

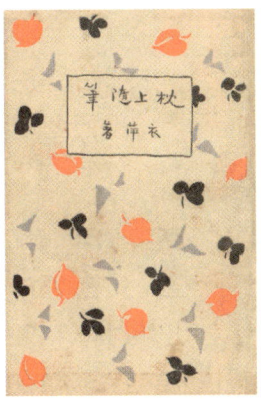

著　　作　《枕上随笔》
著　　者　章衣萍 著
出版时间　1929 年
尺　　寸　19cm×14cm

著　　作　《湖山味》
著　　者　张慧剑 著
出版时间　1929 年
尺　　寸　17cm×10cm

著　　作　《昨夜之歌》
著　　者　马国亮 著
出版时间　1929 年（初版）
　　　　　1931 年（再版）
尺　　寸　18cm×13cm

第 43 卷

著　作　《忆巴黎》
著　者　野　渠 著
出版时间　1929 年
尺　寸　19cm×14cm

著　作　《窗下随笔》
著　者　章衣萍 著
出版时间　1929 年
尺　寸　19cm×14cm

第 44 卷

著　作　《有刺的蔷薇》
著　者　卢剑波 著
出版时间　1929 年
尺　寸　18cm×14cm

著　　作　《雪茵情书》
著　　者　曹雪松　吴克茵 著
出版时间　1929 年（初版）
　　　　　1930 年（再版）
　　　　　1931 年（三版）
尺　　寸　19cm×13cm

第 45 卷

著　　作　《蜀游心影》
著　　者　舒新城 著
出版时间　1929 年
尺　　寸　18cm×13cm

第 46 卷

著　　作　《划时代的转变》
著　　者　郭沫若 著
出版时间　1929 年（改版）
尺　　寸　12cm×9cm

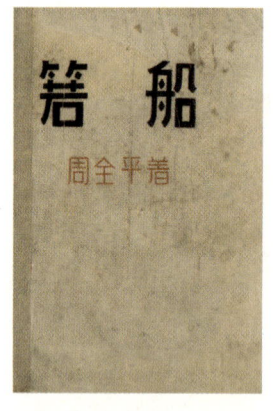

著　　作　《箬船》
著　　者　周全平 著
出版时间　1930 年
尺　　寸　17cm×13cm

第 47 卷

著　　作　《他乡》
著　　者　焦菊隐 著
出版时间　1929 年（初版）
　　　　　1929 年（再版）
尺　　寸　20cm×14cm

著　　作　《春醪集》
著　　者　梁遇春 著
出版时间　1930 年
尺　　寸　20cm×14cm

第 48 卷

著　　作　《闽南游记》
著　　者　陈万里 著
出版时间　1930 年
尺　　寸　19cm×13cm

著　　作　《休息》
著　　者　王实味 著
出版时间　1930 年
尺　　寸　18cm×13cm

著　　作　《素笺》
著　　者　陆晶清 著
出版时间　1930 年
尺　　寸　20cm×14cm

第 49 卷

著　　作　《红桥集》
著　　者　曹雪松 著
出版时间　1930 年
尺　　寸　18cm×13cm

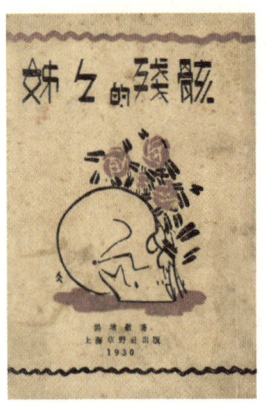

著　　作　《姊姊的残骸》
著　　者　汤增扬 著
出版时间　1930 年
尺　　寸　11cm×8cm

第 50 卷

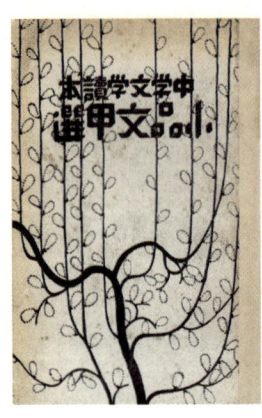

著　　作　《小品文甲选》
著　　者　陈思 编
出版时间　1930 年（初版）
　　　　　1931 年（再版）
尺　　寸　21cm×15cm

第 51 卷

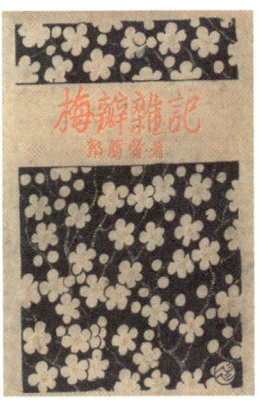

著　　作　《梅瓣杂记》
著　　者　郭兰馨 著
出版时间　1930 年
尺　　寸　18cm×13cm

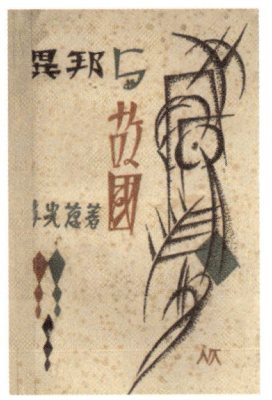

著　　作　《异邦与故国》
著　　者　蒋光慈 著
出版时间　1930 年
尺　　寸　17cm×13cm

第 52 卷

著　　作　《湖上散记》
著　　者　钟敬文 著
出版时间　1930 年
尺　　寸　18cm×12cm

著　　作　《流浪杂记》
著　　者　林　影 著
出版时间　1930 年
尺　　寸　18cm×12cm

著　　作　《秋之草纸》
著　　者　杜格灵 著
出版时间　1930 年
尺　　寸　20cm×13cm

第 53 卷

著　　作　《蹉跎》
著　　者　再　生 著
出版时间　1930 年
尺　　寸　19cm×13cm

附 录 97

著　　作　《恋人书简》
著　　者　王 坟 罗 洪 合著
出版时间　1931 年
尺　　寸　18cm×13cm

第 54 卷

著　　作　《海上闲话》
著　　者　安 世 著
出版时间　1930 年
尺　　寸　18cm×13cm

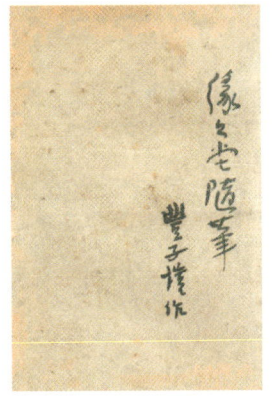

著　　作　《缘缘堂随笔》
著　　者　丰子恺 著
出版时间　1931 年
尺　　寸　19cm×11cm

著　　作　《未完集》
著　　者　梁得所 著
出版时间　1931 年（初版）
　　　　　1932 年（再版）
尺　　寸　20cm×13cm

第 55 卷

著　　作　《云鸥情书集》
著　　者　黄庐隐　李唯建 著
出版时间　1931 年
尺　　寸　17cm×11cm

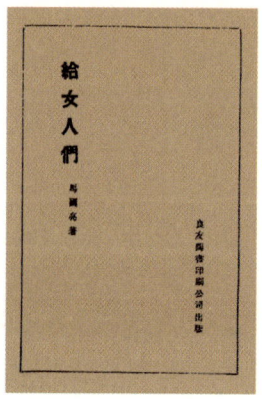

著　　作　《给女人们》
著　　者　马国亮 著
出版时间　1931 年（初版）
　　　　　1933 年（五版）
尺　　寸　15cm×10cm

第 56 卷

著　　作　《中学生游记》
著　　者　杨文安 编
出版时间　1931 年（初版）
　　　　　1932 年（三版）
尺　　寸　19cm×13cm

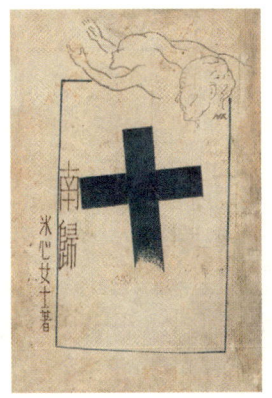

著　　作　《南归》
著　　者　冰心 著
出版时间　1931 年（三版）
尺　　寸　18cm×13cm

著　　作　《菩提珠》
著　　者　柳无忌　柳无非
　　　　　柳无垢 著
出版时间　1931 年
尺　　寸　19cm×13cm

第 57 卷

著　　作　《小朋友随笔》
著　　者　陈醉云 著
出版时间　1931 年（初版）
　　　　　1932 年（三版）
尺　　寸　18cm×13cm

著　　作　《南洋风土见闻录》
著　　者　王志成 著
出版时间　1931 年
尺　　寸　14cm×10cm

第 58 卷

著　　作　《曲阜泰山游记》
著　　者　倪锡英 著
出版时间　1931 年
尺　　寸　18cm×13cm

著　　作　《看月楼书信》
著　　者　吴曙天　章衣萍 合著
出版时间　1931 年
尺　　寸　19cm×13cm

第 59 卷

著　　作　《倚枕日记》
著　　者　章衣萍 著
出版时间　1931 年（再版）
尺　　寸　18cm×12cm

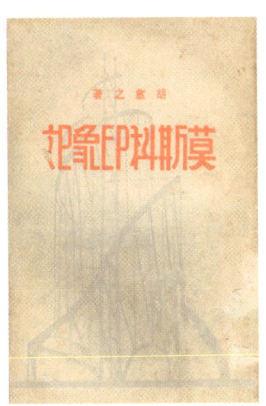

著　　作　《莫斯科印象记》
著　　者　胡愈之 著
出版时间　1931 年（初版）
　　　　　1932 年（五版）
尺　　寸　18cm×14cm

第 60 卷

著　　作　《三湖游记》
著　　者　曾仲鸣　孙伏园
　　　　　孙福熙 合著
出版时间　1931 年
尺　　寸　19cm×13cm

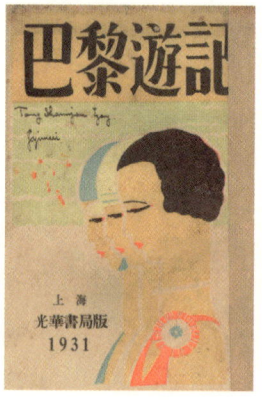

著　　作　《巴黎游记》
著　　者　徐霞村 著
出版时间　1931 年
尺　　寸　19cm×13cm

第 61 卷

著　　作　《茶话集》
著　　者　谢六逸 著
出版时间　1931 年
尺　　寸　19cm×11cm

著　　作	《秋》
著　　者	徐志摩 著
出版时间	1931 年
尺　　寸	13cm×10cm

第 62 卷

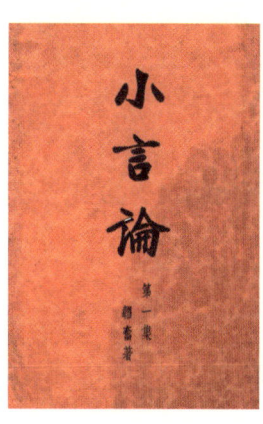

著　　作	《小言论》（第一集）
著　　者	韬奋 著
出版时间	1931 年（初版）
	1932 年（再版）
尺　　寸	18cm×13cm

著　　作	《生活之味精》
著　　者	马国亮 著
出版时间	1931 年
尺　　寸	19cm×13cm

第 63 卷

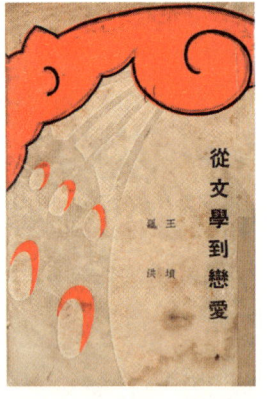

著　　作　《从文学到恋爱》
著　　者　王坟 罗洪 合著
出版时间　1931 年
尺　　寸　19cm×13cm

著　　作　《回家》
著　　者　许寿民 编
出版时间　1931 年（初版）
　　　　　1932 年（再版）
尺　　寸　18cm×13cm

第 64 卷

著　　作　《幸运之连索》
著　　者　汤增扬 黄奂若 合著
出版时间　1931 年
尺　　寸　19cm×13cm

附　录　105

著　　作　《秋梦》
著　　者　毛一波 著
出版时间　1931 年
尺　　寸　18cm×12cm

第 65 卷

著　　作　《青春散记》
著　　者　邹 枋 著
出版时间　1931 年
尺　　寸　18cm×13cm

著　　作　《麓山集》
著　　者　冰 莹 著
出版时间　1932 年
尺　　寸　19cm×13cm

第 66 卷

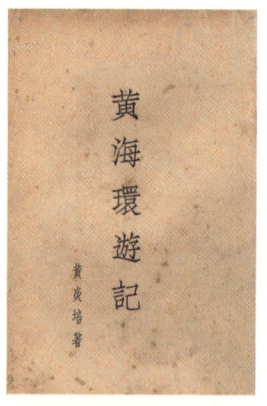

著　　作　《黄海环游记》
著　　者　黄炎培 著
出版时间　1932 年
尺　　寸　18cm×13cm

著　　作　《文人趣事》
著　　者　杨昌溪 编
出版时间　1932 年
尺　　寸　13cm×9cm

著　　作　《衣萍书信》
著　　者　章衣萍 著
出版时间　1932 年
尺　　寸　19cm×13cm

第 67 卷

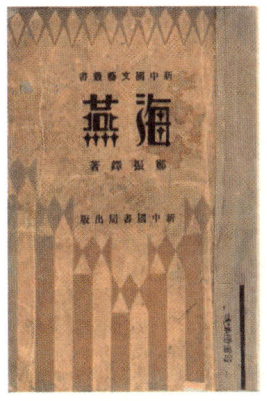

著　　作　《海燕》
著　　者　郑振铎 著
出版时间　1932 年
尺　　寸　19cm×13cm

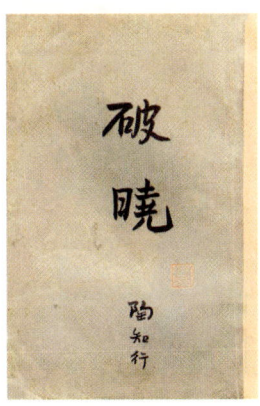

著　　作　《破晓》
著　　者　李楚材 著　陶知行 主编
出版时间　1932 年
尺　　寸　21cm×15cm

第 68 卷

著　　作　《记胡也频》
著　　者　沈从文 著
出版时间　1932 年
尺　　寸　18cm×12cm

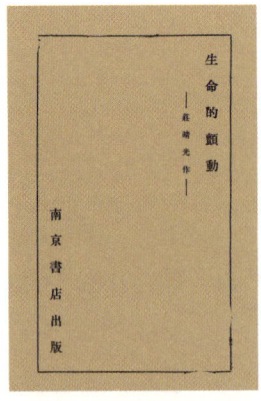

著　　作　《生命的颤动》
著　　者　庄晴光 著
出版时间　1932 年
尺　　寸　18cm×12cm

著　　作　《沪战中的日狱》
著　　者　李浴日 著
出版时间　1932 年
尺　　寸　18cm×13cm

第 69 卷

著　　作　《逍遥阁随笔集》
著　　者　天庐 著
出版时间　1932 年
尺　　寸　19cm×13cm

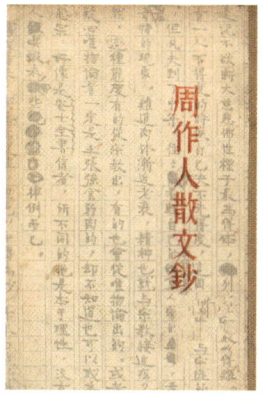

著　　作　《周作人散文钞》
著　　者　周作人 著　章锡琛 编注
出版时间　1932 年
尺　　寸　19cm×12cm

第 70 卷

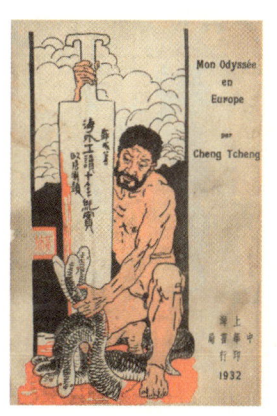

著　　作　《海外工读十年纪实》
著　　者　盛　成 著
出版时间　1932 年
尺　　寸　19cm×13cm

第 71 卷

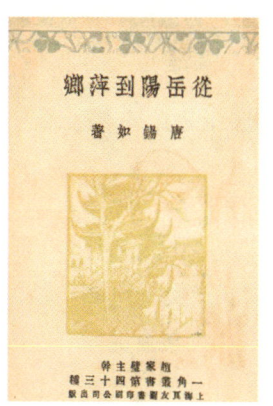

著　　作　《从岳阳到萍乡》
著　　者　唐锡如 著
出版时间　1932 年
尺　　寸　12cm×9cm

著　　作　《看云集》
著　　者　周作人 著
出版时间　1932 年
尺　　寸　19cm×13cm

第 72 卷

著　　作　《二心集》
著　　者　鲁 迅 著
出版时间　1932 年
尺　　寸　18cm×12cm

第 73 卷

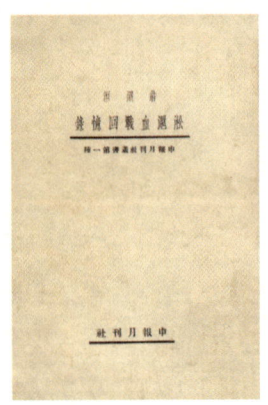

著　　作　《淞沪血战回忆录》
著　　者　翁照垣 著　罗吟圃 记
出版时间　1932 年
尺　　寸　19cm×13cm

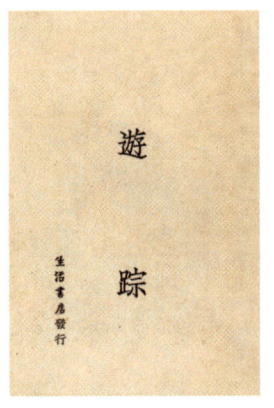

著　　作　《游踪》
著　　者　生活周刊社 编
出版时间　1932 年
尺　　寸　19cm×13cm

第 74 卷

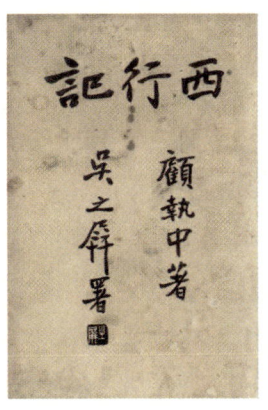

著　　作　《西行记》
著　　者　顾执中 著
出版时间　1932 年
尺　　寸　19cm×13cm

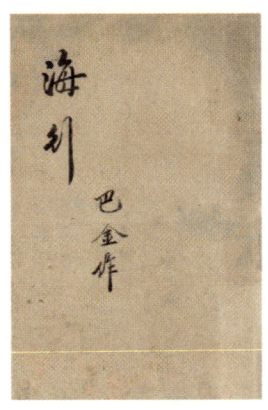

著　　作　《海行》
著　　者　巴 金 著
出版时间　1932 年
尺　　寸　19cm×13cm

第 75 卷

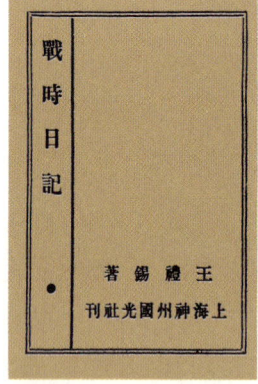

著　　作　《战时日记》
著　　者　王礼锡 著
出版时间　1932 年（再版）
尺　　寸　18cm×13cm

第 76 卷

著　　作　《模范日记文选》
著　　者　戴叔清 编
出版时间　1932 年（再版）
尺　　寸　19cm×13cm

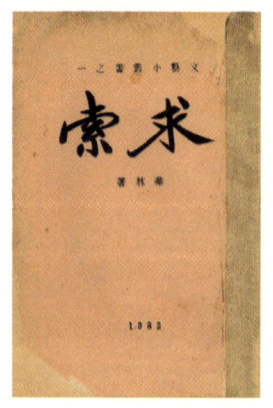

著　　作　《求索》
著　　者　华　林 著
出版时间　1932 年
尺　　寸　19cm×13cm

第 77 卷

著　　作　《上海事变与报告文学》
著　　者　南强编辑部 编
出版时间　1932 年
尺　　寸　19cm×13cm

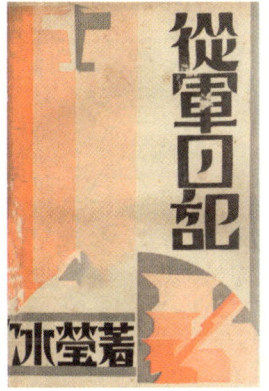

著　　作　《从军日记》
著　　者　冰　莹著
出版时间　1932 年（第三版改正本）
尺　　寸　19cm×13cm

第 78 卷

著　　作　《归心》
著　　者　解　人著
出版时间　1932 年
尺　　寸　19cm×13cm

著　　作　《小鸟集》
著　　者　曾今可 著
出版时间　1933 年
尺　　寸　17cm×13cm

第 79 卷

著　　作　《小妹》
著　　者　赵景深 著
出版时间　1933 年
尺　　寸　18cm×13cm

著　　作　《流浪集》
著　　者　陆晶清 著
出版时间　1933 年
尺　　寸　15cm×10cm

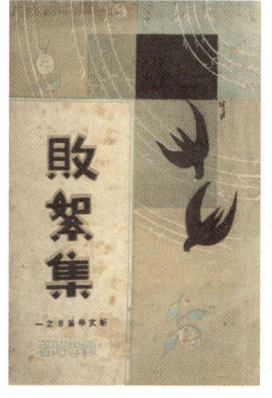

著　　作　《败絮集》
著　　者　陈学昭 著
出版时间　1933 年（再版）
尺　　寸　18cm×13cm

第 80 卷

著　　作　《小言论》（第二集）
著　　者　韬　奋 著
出版时间　1933 年（初版）
　　　　　1934 年（三版）
尺　　寸　19cm×13cm

第 81 卷

著　　作　《我的父亲》
著　　者　顾一樵 著
出版时间　1933 年
尺　　寸　20cm×13cm

著　　作	《战争·饮食·男女》
著　　者	张若谷 著
出版时间	1933 年
尺　　寸	19cm×13cm

第 82 卷

著　　作	《模范书信文选》
著　　者	戴叔清 编
出版时间	1933 年
尺　　寸	19cm×13cm

第 83 卷

著　　作	《烟和酒》
著　　者	梁得所 著
出版时间	1933 年
尺　　寸	12cm×9cm

附 录 117

著　　作　《周作人书信》
著　　者　周作人 著
出版时间　1933 年
尺　　寸　20cm×14cm

第 84 卷

著　　作　《北国之春》
著　　者　王统照 著
出版时间　1933 年
尺　　寸　18cm×12cm

著　　作　《寄小读者》
著　　者　冰　心 著
出版时间　1933 年(初版)
　　　　　1948 年(六版)
尺　　寸　17cm×12cm

第 85 卷

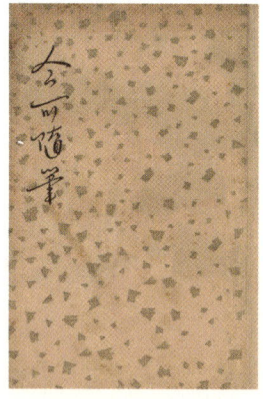

著　　作　《今可随笔》
著　　者　曾今可 著
出版时间　1933 年
尺　　寸　18cm×12cm

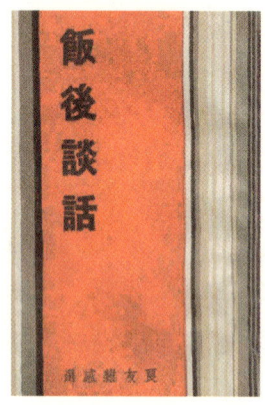

著　　作　《饭后谈话》
著　　者　予　且 著
出版时间　1933 年
尺　　寸　16cm×11cm

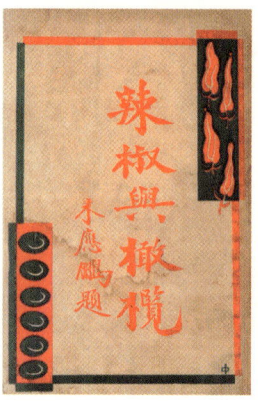

著　　作　《辣椒与橄榄》
著　　者　本　社 编
出版时间　1933 年(初版)
　　　　　1933 年(再版)
尺　　寸　19cm×13cm

第 86 卷

著　　作　《四年》
著　　者　郭子雄 等 著
出版时间　1933 年
尺　　寸　16cm×11cm

著　　作　《女作家书信选》
著　　者　张立英 编
出版时间　1933 年
尺　　寸　13cm×9cm

第 87 卷

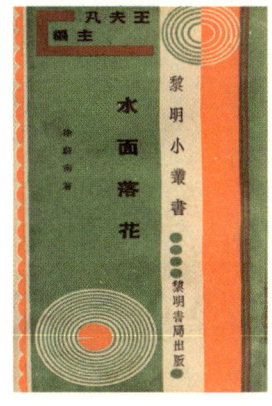

著　　作　《水面落花》
著　　者　徐蔚南 著
出版时间　1933 年
尺　　寸　17cm×9cm

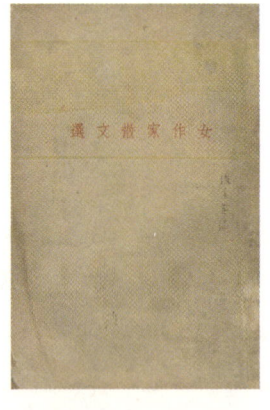

著　　作　《女作家散文选》
著　　者　张立英 编
出版时间　1933 年
尺　　寸　18cm×13cm

第 88 卷

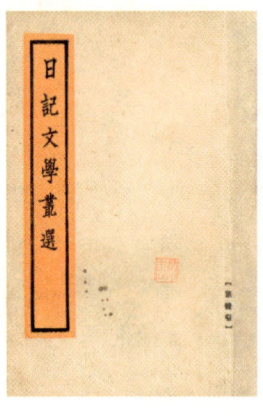

著　　作　《日记文学丛选》(语体卷）
著　　者　阮无名 编
出版时间　1933 年
尺　　寸　19cm×13cm

第 89 卷

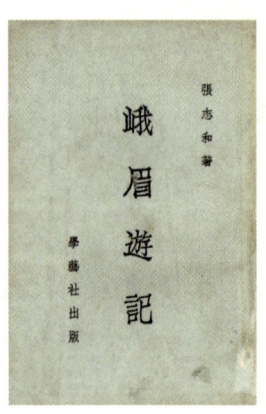

著　　作　《峨眉游记》
著　　者　张志和 著
出版时间　1933 年
尺　　寸　19cm×13cm

附 录　121

著　　作　《四十自述》
著　　者　胡　适 著
出版时间　1933 年
尺　　寸　18cm×12cm

第 90 卷

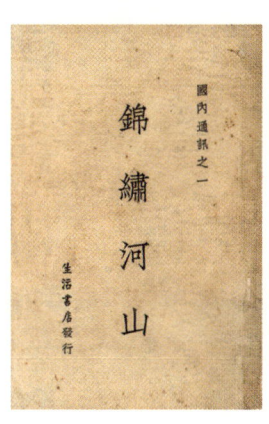

著　　作　《锦绣河山》
著　　者　生活书店编译所 编
出版时间　1933 年
尺　　寸　18cm×13cm

第 91 卷

著　　作　《猎影记》
著　　者　梁得所 著
出版时间　1933 年
尺　　寸　19cm×13cm

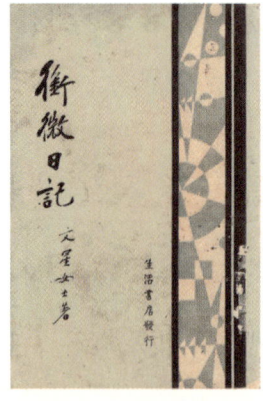

著　　作　《衔微日记》
著　　者　蔡文星 著
出版时间　1933 年
尺　　寸　19cm×13cm

第 92 卷

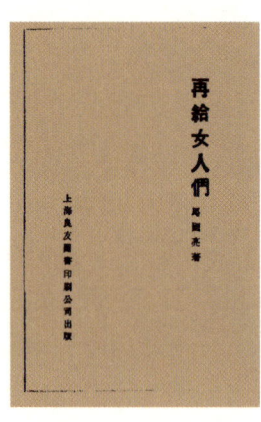

著　　作　《再给女人们》
著　　者　马国亮 著
出版时间　1933 年
尺　　寸　15cm×10cm

著　　作　《子恺小品集》
著　　者　丰子恺 著
出版时间　1933 年
尺　　寸　18cm×13cm

第 93 卷

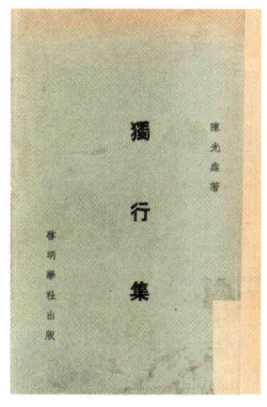

著　　作　《独行集》
著　　者　陈光垚 著
出版时间　1933 年
尺　　寸　19cm×13cm

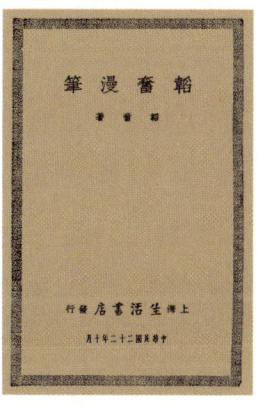

著　　作　《韬奋漫笔》
著　　者　韬 奋 著
出版时间　1933 年
尺　　寸　16cm×10cm

第 94 卷

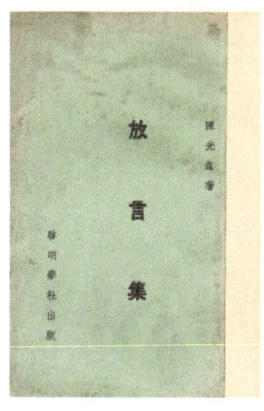

著　　作　《放言集》
著　　者　陈光垚 著
出版时间　1933 年
尺　　寸　19cm×13cm

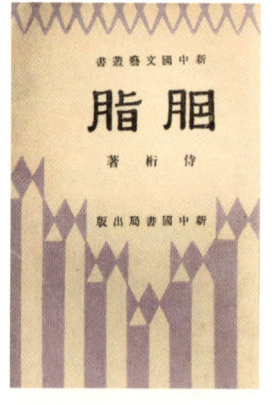

著　　作　《胭脂》
著　　者　侍桁著
出版时间　1933 年
尺　　寸　17cm×11cm

第 95 卷

著　　作　《小言论》（第三集）
著　　者　韬奋著
出版时间　1933 年
尺　　寸　19cm×13cm

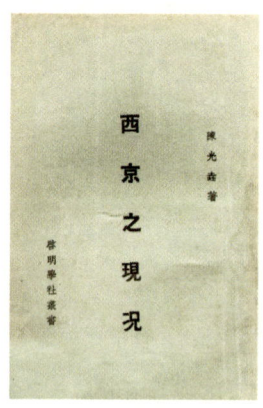

著　　作　《西京之现况》
著　　者　陈光垚著
出版时间　1933 年
尺　　寸　19cm×13cm

第 96 卷

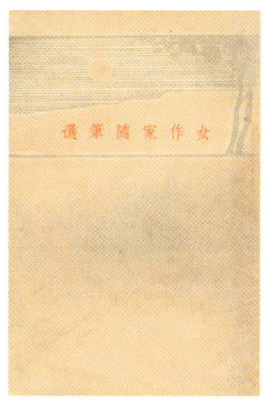

著　　作　《女作家随笔选》
著　　者　张立英 编
出版时间　1933 年
尺　　寸　18cm×13cm

著　　作　《女作家日记选》
著　　者　张立英 编
出版时间　1933 年
尺　　寸　17cm×12cm

第 97 卷

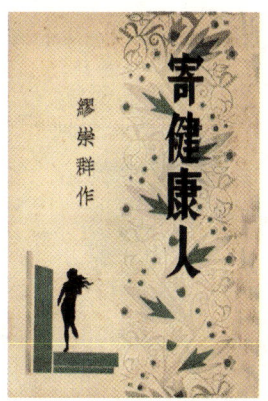

著　　作　《寄健康人》
著　　者　缪崇群 著
出版时间　1933 年
尺　　寸　19cm×13cm

著　　作　《归国印象》
著　　者　章徵言 编
出版时间　1933 年
尺　　寸　18cm×13cm

第 98 卷

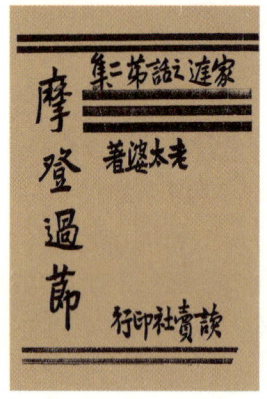

著　　作　《摩登过节》
著　　者　老太婆 著
出版时间　1933 年
尺　　寸　18cm×13cm

著　　作　《名家游记》
著　　者　新绿文学社 编
出版时间　1933 年
尺　　寸　19cm×13cm

第 99 卷

著　　作　《灵凤小品集》
著　　者　叶灵凤 著
出版时间　1933 年
尺　　寸　19cm×13cm

第 100 卷

著　　作　《鲁迅杂感选集》
著　　者　鲁　迅著　何　凝选
出版时间　1933 年
尺　　寸　21cm×15cm

出版策划　耿相新
责任编辑　杨　光　张珺楠
装帧设计　浙江越生文化创意有限公司